云端

up above the clouds

无戒　著

陕西新华出版传媒集团
太白文艺出版社·西安

图书在版编目（CIP）数据

云端 / 无戒著. -- 西安 ： 太白文艺出版社，
2023.1
ISBN 978-7-5513-2260-7

Ⅰ. ①云… Ⅱ. ①无… Ⅲ. ①长篇小说－中国－当代
Ⅳ. ①I247.5

中国版本图书馆CIP数据核字(2022)第234741号

云端
YUNDUAN

作　　者　无　戒
责任编辑　葛晓帅
封面设计　寻　觅
版式设计　建明文化
出版发行　陕西新华出版传媒集团
　　　　　太白文艺出版社
经　　销　新华书店
印　　刷　西安市建明工贸有限责任公司
开　　本　880mm×1230mm　1/32
字　　数　136千字
印　　张　7.5
版　　次　2023年1月第1版
印　　次　2023年1月第1次印刷
书　　号　ISBN 978-7-5513-2260-7
定　　价　48.00元

联系电话：029-81206800
出版社地址：西安市曲江新区登高路1388号（邮编：710061）
营销中心电话：029-87277748　029-87217872

序言

清寒玉骨，傲然微香。《云端》收尾时，无戒养了多年的绿梅开了一朵。她笑着跟我说，终于写完了。

作品与植物一样，蕴藏着天地灵气，脆弱但也坚韧。

从前车马慢，大家有时间坐下来读完一本书，和朋友畅聊。而今，时代高速发展，很多人一年读不完一本书。

无戒始终坚持读书写作。她像一个笨拙的小女孩，执拗地用一支笔来表达自己和世界的关系。

她投入现实生活时，总带着一种疏离的审视目光。她的生活就像这样：暮色黄昏，随意坐在路边田垄，津津有味地听来来往往歇脚的人讲述自己的故事。当日头完全落下，夜幕降临，她起身轻拍衣衫尘埃，拂袖轻轻远去。不像周边那些深陷现实的泥坑里，爱和他人撒泼耍赖，总沾着一身黏糊糊的稀泥巴的人。

众人只有一个世界，她却拥有两个。

她既可随意入世又可轻松出世。入世是为了搜集现实中的真实碎片，出世是为了以一种饱满沉浸的状态来呈现碎片之美。

她用文字对抗秩序倦怠，用文学对抗世事无常，用文化对抗社会庸俗。

一个人的经验和智慧总是依附于肉体，而不是独立呈现。死亡是每个人头上的一把利剑，无人知晓它何时会落下。但我们明白，或早或晚，总有一天它会落。

很早之前，一旦肉体消失，这种精神层面的东西也就灰飞烟灭。公元前3200多年—公元前2600年，美索不达米亚南部苏美尔人创造了楔形文字，人类第一次用文字储存信息。至此，哪怕肉体陨灭，人类的经验和智慧也可经由文字独立记录，久久流传。借由文字，我们洞穿千年时空，得以探索前人的世界，领略了蒹葭白露在水伊人的婉约，听到了百家争鸣时期的闪耀言论，嗅到了易安黄昏后的盈袖暗香。文字是人类的一条神秘通道，可以带我们去往任何一个年代和国度。

虽说每个时代各具特色，但我们生活其中，并不知其特别之处。就像回望几百几千年前的生活，我们会不由得生发出“原来竟是这样”的喟叹。

作品是超越肉体的永恒存在，当下的作品并不仅仅存于当下。在未来，在几百几千年后，有人会在阅读间隙思忖：原来竟有那样的时代。

我们的习以为常，可能是后人的感慨万分。

这便是每一部文学作品的意义，作者呈现自己时代的冰山一角。读者阅读同一时代的不同作品，像收集碎片一样，一点一点拼凑起众生全貌。这本书的源头也是现实中散落的碎片，无戒如同海边拾贝的孩子，小心翼翼弯腰收藏起来，用文字打通了现实与虚构的通道，并使其保持一种微妙的平衡。

在这本书里，我非常喜欢何生这个人物。她生于幽暗却心向明媚，她陷于低谷却心属高山。她是何光在黑暗迷雾中沉沦时，一缕穿越丛林闪耀的光；她是何光坠入激流险滩时，一根柔韧的稻草。

若不能他救，便要尝试自救。

无戒常常彻夜思考人物和情节，没有什么能让她熬夜，除了文学。那些不能写作的日子，就像地雷般反反复复轰炸她的内心。动心起念的瞬间，便是结缘。一部作品，就是她的一次救赎。

她的使命便是写小说，若无文学，再无生活。

这种纯粹且坚忍的个性，在她作品的人物中有所体现。这是一部复活之书，我们自以为看到的便是真相，却总是与真相有所偏差。但，真相本来就是一个主观的评论，每个人从各自的视角出发，都可以给出符合本心的解释。

鲁迅先生说：不必等候炬火。此后如竟没有炬火，我便是唯一的光。

翻至此页，炬火在你手里了。

为天地立心，为生民立命。文学就是将一把燃烧的炬火传递到你手里，由你传给下一个人。

友：杜培培

2022年3月23日

C O N T E N T S

目 录

001 / 第一章　归来

006 / 第二章　失忆

013 / 第三章　改变

020 / 第四章　相亲

027 / 第五章　囚徒

032 / 第六章　爱情

038 / 第七章　误杀

044 / 第八章　心牢

050 / 第九章　消失

056 / 第十章　寻找

062 / 第十一章　再见
069 / 第十二章　双生
075 / 第十三章　舆论
081 / 第十四章　苟活
088 / 第十五章　缘起
095 / 第十六章　同类
103 / 第十七章　结婚
111 / 第十八章　往事
118 / 第十九章　婚礼
126 / 第二十章　机遇
135 / 第二十一章　离开
141 / 第二十二章　重逢
150 / 第二十三章　云端

158 / 第二十四章　沉沦
164 / 第二十五章　地狱
173 / 第二十六章　原点
180 / 第二十七章　绝境
192 / 第二十八章　暂停
199 / 第二十九章　真相
206 / 第三十章　病愈
214 / 第三十一章　重生
221 / 第三十二章　梦境
227 / 后记

第一章　归来

二〇一七年初夏，我乘火车回到这个阔别十年的小村庄。离开这里的那天，我发誓，这一生，我再也不会回到这个地方，哪怕是死在外面。可是我还是回来了。我的人生从头到尾都像个笑话。我没法做个人，也没法活得像人。

我迎着烈日，数着一……二……三……四，终于找到了这里。是这家吗？应该是这家，可是看着又不像。圈养在门口的猪不见了，原来的栅栏门换成了门楼。门楼上贴着的瓷片在烈日下发着白光，晃得我睁不开眼睛。就在我站在门口徘徊的时候，门开了，走出来一个五十多岁的女人。她头发花白，腰杆挺得笔直，一件已经洗得发白的外套包裹着瘦弱的身体，长脸上镶嵌着一双暗淡无神的眼睛。

她看见了我，愣了好几秒，应该是认出了我，转过身打开了门，然后冲着院子里喊了一句："正强，娃回来了！"

她好像变了，变得平和沉静，和这村庄一样。我恨了她那么久，但再次看到她的时候，却发现我好像一直恨的不是她，而是我记忆里的一个女人。何正强从屋子里出来了，一瘸一拐的。他看起来什么都没变，还是那样，低眉顺眼、可怜巴巴的，就连说话都是有气无力的。

“回来了？累了吧？赶紧回屋。”

我跟着他们进了屋子。这不是我记忆中的那个屋子，一切都很陌生。我对这个陌生的环境有些无所适从。慢慢坐在炕边，寻思着该说些什么呢？

这时何正强说话了：“回来了好，回来了好。以后就在村子里找个活干，别往外跑了。”

而那个女人一直站在门口看着我，她的面色变得温和。记忆中的她总是哭丧着脸，很沉默。现在的她一直在说话，叽里呱啦说个不停。这样的她让我很不适应。更离奇的是，她竟然跟我说：“你们父子俩坐着。我去做饭，包你最爱吃的饺子。”

不知道怎么回事，我眼角有些湿。这个男人是我的父亲何正强，这个苍老的女人是我的继母柳百合。而我是一个刚从监狱里出来的男人。

何正强看起来有很多话想跟我说，可是他没说。他靠窗户坐着，麻利地卷起旱烟，吧嗒吧嗒地抽着。他嘴角上扬，那弧度很小，不仔细看完全看不出来。我才注意到他的脸上布满了褶皱，看起来已经很老了。我一直盯着他看，才惊觉原来我和他竟然长得如此相像。很多人都说我长得像明星，因为这张脸，我没少受欺负。我恨何正强，一点不比恨柳百合少。可是再恨我也要回到这里。尽管在回这里之前，我已经在城市里游荡好久了。

从那扇铁门出来之后，我对人生还是充满希望的，那时我觉得没有比失去自由更痛苦的事了。现在我知道了，比失去自由更痛苦的事情，就是这个世界不需要你，你什么也做不了。

我叫何光，二十九岁，在监狱里待了十年，从十九岁一直待到二十九岁。有人说我的人生注定是个悲剧。我不相信，我想争，可是到头来，一切还是一场空。它真的是个悲剧，好像不可改变。

“何生呢，她好吗？”听见我问何生，何正强的脸色顿时变得很难看。

“您怎么了，不舒服吗？”

何正强说：“何生，何生她……”

“何生怎么了？”

我看见他艰难地从嘴里挤出那句话：“她挺好的。她要是知道你回来了，肯定很开心。”

“她好就好。她在哪里呢？我很想见她。”

何正强不知道为何眼神躲躲闪闪的，最后说了一句：“你会见到她的。她在上海上班呢。我不是跟你说过吗？”

“那她啥时候回来？”

“她几年没回来了。你回来了，她可能就会回来吧！”何正强说完这句话，便再次沉默了。他看着窗外，像是在思虑什么，双眉紧蹙。

我还想着再问点什么时，柳百合进来了，她手里端着一盘饺子，笑盈盈地跟我说：“光子，吃饭了。”

柳百合的笑让我有些恐惧，因为从我见到她那天起，她在我跟前我永远是歇斯底里的状态。这个家变得好奇怪，好像每个人都不是我记忆中的那个人。到底是我的记忆出错了，还是时空错乱了。我并不知道。

我们围坐在一起吃饭，像一家人一样。但是我们是一家人吗？这个问题我从小到大一直在问自己，到现在也没有搞清楚。

饺子啥味道，我已经吃不出来了。我一直盯着柳百合的脸。她应该不是柳百合。她到底是谁？这个问题折磨着我，让饺子变得难以下咽。更奇怪的是，当我吃完饭走向柴房的时候，被何正强叫住了。他说：“光子，你要干吗去？你的房间在这里。”

我看见了一扇门里有一盘炕，还放着两个破旧的沙发和一张被修过腿的茶几。炕上是新的床单被套。

他们告诉我这是我的房间。我的脑子更混乱了，我不是应该住在柴房吗？我小时候一直住在那里，为什么突然给了我一个房间？我站在房间里不知如何是好。何正强过来拍了拍我的肩膀说：“以后你就住这里。回来了就好，一切都会好起来的。”我抬起头看柳百合，她冲我点了点头。

原来一切真的都不一样了，不光村子不一样了，家也不一样了，连同人也不一样了。曾经发生的那一切，会因为这个不一样而消失吗？我不知道。

我躺在炕上，感觉很累，很快睡了过去。我醒来的时候，已经是晚上了。我坐起来看着窗外，想着何生何时会回来。

何正强进来了，看着发呆的我，问道：“你在想什么呢？过来吃饭了。”

“我在想何生何时回来。”

他看了我一眼，眼睛里充满了悲伤，无力地说：“我去给她打电话，让她明天回家。”说完这句话，他便一瘸一拐地走出了我的房间。

天黑了，世界静了下来。小丫头要回来了，不知道她变成什么样了。不知道她能不能告诉我这个世界怎么了，为什么和我记忆中的完全不一样，是我疯了，还是这才是世界原本的样子？

第二章　失忆

我回到村子的第二天，家里来了很多人，都是曾经对我避之不及的人。现在他们却热情地挤在我的房间里对我嘘寒问暖。他们上下打量着我，一个人嘴里说着："长大了，结实了不少，比小时候更帅气了。就是看着缺少一些朝气。"另一个人接着说："那地方哪里来的朝气？"说完又觉得不合适，赶紧岔开了话题。

说这话的女人我叫六婆，丈夫英年早逝，这些年她就靠着做媒养家糊口。六婆以前见了我总是横眉怒目，不让她家孩子跟我玩，总是对她家孩子说我是没妈的孩子，没有教养。有一次我打了她一拳，她跑到我家骂了好几天。难道这些事情她都忘了？可能是真忘了，不然怎能像一切未曾发生过一般，做出如此亲切的姿态？

这个村子很怪异，好像所有人都失忆了。每个人都变得很奇怪，和以前完全不一样。

她一边笑着一边问我："光子，你多大了？"

我正坐在沙发上发呆呢，听见有人叫我名字，才回过神来。

“二十九，马上三十了。”

“哎哟，那不小了，到说媳妇的年龄了。”她的声音一大，就变得尖锐，很刺耳。

不过何正强听到这话，却来了精神。他走了过来，拉着老太太的手说：“六娘，这事你还真得给娃多操心。这算我们家的大事，娃现在回来了，咋样也要给娃成个家。”

听了何正强的请求，老太太一下来了精神，拍着胸脯说：“这事你放心，娃的事情我肯定放心上。这么好的娃，长得这么俊，啥样女娃找不到啊。”

我看着她那一张一合的嘴，觉得害怕。因为我知道她没有说真话。至于她为什么夸我，我大概能猜出来，应该是为了钱，为了生活。

我身边围的这些人，有的我要叫婶婶，有的我要叫婆婆，有的我要叫嫂子。她们都是笑着，七嘴八舌地说着什么。周围声音嘈杂，我却突然失聪了，只感觉耳边嗡嗡作响，却听不清楚她们在说什么。于是只能安静地坐着，看着她们。

她们见我一句话也不回应，觉得无趣，就逐渐散去了。

只是到了第二天，我家里照例来了很多人。这样的景象一直持续了好些天，一直到何生回来。

何生回来了，她站在院子里，和我刚回来的时候一样，打量着这个院子。我透过窗子看着她，她长大了，短发变成了长发，柔顺地披在肩膀上。我看不清楚她的脸，只隐约能看见她上扬的嘴角。她穿着一身黑色的长裙，高跟鞋，像个摩登女郎，和我记忆里的何生一点都不一样。这样的何生让我觉得陌生又喜欢。我坐回到沙发上，并没有立刻跑出去迎接她。

我听见她站在院子里喊："哥，我回来了！"

我还没来得及应声，就看见柳百合从屋子里冲出来。她一看见何生，就扑了过去，抱着何生一边哭一边说："你个没良心的，你还知道回来？你哥要是不回来，你是不是还不打算回来？"这才是柳百合，那个经常歇斯底里的柳百合。何正强也出来了，他没有说话，只是站在旁边看着。和我记忆里的一模一样，不管发生什么事他总是沉默着冷冷地看着。

何生看着柳百合，任凭她哭泣着，没有制止，也没有说话，只是漠然地看着。我坐在沙发上看着院子里发生的一切，想着要不要出去。何生消失之后，我再次想起这天，重新审视我们和柳百合的关系，不清楚我们俩到底是谁欠谁的，谁是谁的灾难。

何生是我同父异母的妹妹。在我悲惨的童年里，她像天使一样存在着。即使对别人来说，她不过是一个小疯子，可是她给了我这世间仅存的温暖，让我知道这个世界上还有爱存在。

这出苦情大戏上演了大概半个小时才结束，我坐在沙发上差点睡着了。迷迷糊糊间，我看见一个踩着高跟鞋的气质美女，站在离我不远处。

我看着她，她亦看着我。我想说点啥，却不知道如何开口，只能看着她笑。她走过来，坐在我身边，伸出胳膊抱了抱我。我听见她在我耳边说："哥，你终于回来了。你受苦了，我好想你！"

我感觉到胸口热乎乎的，有水珠一样的东西滴在我的身上，那一刻，我的心也跟着痛了起来，甚至流出了眼泪。多少年了，我还是第一次这样失控。即使在暗无天日的日子里，我也未曾有过这样的情绪。不知道为何，面对她，我突然变得脆弱起来。

何正强站在窗外看着我们，我在他的眼睛里看见了惊恐和悲伤。他在悲伤什么？何生回来他不开心吗？他为何会露出那样的神情？相对而言，柳百合倒是正常不少。世界颠倒了，自从我从监狱出来，回到村子，很多事都变得诡异不已。

外面的天真蓝，蝉鸣声把我的记忆拉回小时候。那时候我还住在柴房；那时候我每天要割草喂牛；那时候我要干很多活，却还可能会饿肚子；那时候我从来不会抬头看天；那时候我不知道有没有比那种日子更苦的日子。

何生问我："你想我了没有？"

"你说呢？当然有想的。只是有时候太忙了，就顾不上想；有时候太麻木了，就啥也想不起来。”

“那你接下来是怎么打算的？”

“不知道。我有时候觉得我不应该活着。”

“哥，你死了我会难过的。你不在的这些年，我总是能想起你。想起你的时候，我就告诉自己我要努力。”

“何生，你要好好的，你和我不一样。”

“我们其实一样，都不过是为了活得像个正常人而已。”

“你可以，我不行了。”

“哥，这些年，我在外面漂泊，总是想起小时候。我很自责，是我们毁了你。”

何生歪着头看着窗外，看起来很伤感。

她说：“我努力逃离这里，到头来才发现，这个世界哪里都一样，连人都一样，哪里都没有我想寻找的幸福。”

“你过得好吗？交男朋友了吗？”我问何生。

何生说：“无论和谁在一起，不过就是为了满足各自的种种欲念。一个人和两个人没有什么区别。”

她真的长大了，总是说着很多我听不懂的话。

小时候，柳百合对我很不好，我并不知道为什么。无论我多么努力地做事，她都是扯着嗓子咒骂我，还咒骂我那个名义上的母亲。小学上完之后，柳百合就说服何正强不让我上学了。于是我就睡在柴房里，每天跟着他们下地干活，回来后还得割草喂牛喂猪。有时候干活回来晚了，就会没饭吃。

柴房的门上有个小窗，没有玻璃，一到冬天，北风就会灌进来，无论我烧多少柴火，北风都能将房子变成冰窖。我的手和脚每年冬天都会被冻得肿胀，而后裂开、流脓。

我那时候太小了，从来没有想过为什么活着，只是本能地想活下去。何生总是在柳百合和何正强不在的时候跑过来找我。她会把藏起来的糖果放在我手里；会把馒头和咸菜用盒子装起来藏在柴堆里，然后在我的炕上留下小纸条，上面写着：哥，一定要吃饭，饭在老地方。

因为有何生，我渐渐觉得这一切都不那么苦了。我们两个就这样长大。我最喜欢她叫我哥哥，她叫我哥哥的时候，声音软绵绵的。小时候，她不喜欢笑，留着短发，穿着宽大、破旧的衣服，看起来像个男孩子。她经常和人打架，村里人都叫她小疯子。她打架没有几次是赢的，每次都是鼻青脸肿地回来，可是下次她还是会反抗。

后来我才知道她为什么总打架，因为别人总是叫何正强瘸子，总是叫我傻子。

可能我真的是个傻子吧！我从来不敢和别人打架，无论他们怎样辱骂我，我都能忍气吞声。而何生不行，她会用自己瘦弱的身体去反抗，即使输了，她依然会选择抗争。

每一次何生受伤回来，柳百合就会很生气。她会去那个打了何生的孩子的家门口语言不重复地骂一下午。之后何生打架的理由又多了一个——越来越多的人叫柳百合疯子。

何生上五年级之后，就再也没有和人打过架，因为所有人都不和她玩了。我总是见她自己一个人蹲在门口看蚂蚁搬家。

有时候她会跟着我上山砍柴。我们后来变得一样了，都成了大家避之不及的人，在这世界里孤独而顽强地活着。

那时候，我们很小，从来没有想过，这样的人生到底是谁的错。

何生在家里待了两天，就匆匆跟我告别了。临走时她跟我说：“哥，你若是想去上班，就来上海找我。”

我说：“好啊！”

她拉着皮箱出了门，那背影像极了小时候她跟人打架时的样子。原来她一直没变，永远都在奋斗着，为了自己想要的一切。

第三章　改变

何生走的时候跟我说：“哥，你一定不要放弃。你还有我，我会陪着你。”

何生走了之后，家里又恢复了原来的样子。柳百合也再没有崩溃过，她看起来很温和，不说脏话，不跟人吵架，只是安静地做事。家里以前养的牛、猪、羊、狗、鸡都不见了。除了人呼吸的声音，这个房子里什么声音都没有，静得让人发慌。

童年那些记忆总是时不时地出现在我的脑海中。这平静的日子，让我一度以为童年所经历的一切都是我臆想出来的。不过此刻我很清楚，那些真的存在过。只不过现在所有人都在掩饰那些罪恶，假装忘了我曾经受过的那些苦。

我在家里待了很多天，竟然没有人让我起来干活。我便躺在房间里睡觉。可是一睡觉，我就会做梦，梦里都是在围墙之内的生活，很多手出现在我的身体上、脸上。我的灵魂似乎已经脱离身体，站在一旁看着那些罪恶行为，无能为力。从梦中惊醒，窗外的月亮很亮，月光洒满了房间。我从黑暗中醒来，看到一个有光的世界，茫然无措地坐在炕上，等待着天亮。

当所有的希望破灭之后，我不知道自己该做什么。更可怕的是，我连痛苦的能力都失去了。我只能静静地躺着，等着。我不知道我在等什么，但是总觉得心有不甘。

所以即使很多人厌恶我，巴不得我从未存在过，可我还是存在，还是活着。即使我在黑暗里生活了那么久，我还是没有彻底放弃。

陈埃出现在我房间里时，我很惊讶。在我的潜意识里，我已经没有朋友了，没有想到他会来看我。他进来的时候，我正躺在炕上。他一把推开门，看着我说："你啥时候回来的？也不跟我说一声。"

我从炕上坐了起来，看着他，嘴里艰难地吐出两个字："你好。"

他看着我笑了，边笑边说："你好个毛线！我，陈埃。你是不认识我呢，还是不想认识我？"

我还想解释一下，就见他挥了挥手说："跟你开玩笑呢，还和小时候一样呆。"

我最后一次见他还是十八岁的时候。那天我们在车站告别，他说他要去四川学厨，我说我要去广东挣大钱。他说："不管你在哪里，记得联系我。我们是一辈子的好兄弟。"

后来我进去了，他来看过我一次，我没有见他。之后我们就再也没有联系过。

他看起来比那时候黑了不少，也比那时候胖了不少。只是那张脸庞，依然可以看出年少时英俊的样子。他不是一个人来的，后面还跟着一个小孩，五六岁的样子。他跟小孩说："你去外面玩去，我和你伯伯说话呢。"

小孩冲着我笑了一下，跑出了门。他看见我盯着小孩看，憨笑了一声说："那是我儿子。"

陈埃已经成家了。对了，他已经三十了，也该成家了。我从炕上下来，他递给我一根烟。我已经好久没有抽烟了，不过他递过来的烟，我却下意识地接了过来。点上了烟，和他一起坐在沙发上。我想跟他说点啥，想了很久还是没有想出来，只能沉默着。

他看了我一眼，拍了一下我的肩膀说："回来就好。想好干啥了吗？"

"还没有。"

"怎么打算的呢？"

"还没打算呢，走一步看一步吧！"

"没事，兄弟，回来了就好。工作的事情，我来想办法，别发愁。走，好多年没有见了，去喝一杯。"

说完我被拉出了房门。门口停着一辆黑色的轿车，他把儿子抱进车里，又把我拉进车里。他的儿子特别活泼，话特别多，像极了陈埃小时候。小孩趴在我身上问我："伯伯，我怎么没有见过你？"

"伯伯，你是我见过第二好看的男人。"

"伯伯，你怎么不笑呢？你笑一个，就像我这样，哈哈哈哈！"

我看看小孩，又看看陈埃，心里又欣慰又羡慕，这也许才是正常人过的日子。陈埃的车子停在一座四合院门口，他把小孩从车里抱了出来，跟孩子说："回家找你妈妈去。"

小孩倒是听话，一溜烟跑进去了。我听见院子有女人的声音，她在问小孩："你爸爸呢？"

小孩说："跟伯伯喝酒。"

女人还说了一句什么，我没有听到。想来这个女人应该是陈埃的老婆吧。那是我第一次见到黎忆。只是我怎么也不会想到，我的出现会改变他们夫妻的一生。

坐在陈埃的轿车里，看着这个陌生的村子，我再次发现我是一个被时代抛弃的人。一切都变了，完全不是我记忆中的样子，包括人。

何生回来的时候，我问她："为什么这里的人都集体失忆了？"

何生说："他们都在掩饰，掩饰曾经犯过的错。时间久了你就知道了，他们并没有失忆，只是假装失忆。他们的本性就是虚伪。”

何生的解释，我并未完全理解，但是仍觉得很有道理。

何生说：“哥，所有人都想重新做人，所有人都想成为好人。我们应该给大家这个机会，不是吗？”

重新做人，她说的是我还是这里的人，我并不知道。在他们眼里我也是一个带着罪恶的人。那么我所做的一切，应该被原谅吗？我开始理解这群人的行为了，因为我们从本质上是一样的。

然而我放不下自己的恨，也忘不了曾经受的苦。我可以理解曾经发生过的一切，却无法真的释怀。

陈埃带着我进了一家装修豪华的酒店，我唯唯诺诺地跟在他后面。我头发长出青茬，还是能看出原来光头的样子。身上的这套衣服是回家那天何正强给我的，应该是他在地摊上淘来的，我穿着并不合身。也可能是我太瘦的缘故，特像是一具干尸穿上了衣服，显得空荡荡的。在楼上的镜子里，我看见了自己的样子——眼神忧郁，那囚犯的气质真的是时刻散发着。看见我的姑娘都会刻意绕开我。

陈埃完全没有发现我的异常，又或许他根本不在意。他带着我进了一间包间，坐在我的对面，拿出了一瓶酒放在我的面前。

“兄弟，今天给你接风，以后我们将要迎来新的生活。”

他给我倒了一杯酒。我不知道他想干什么，我只是躺太久了，想出来透透气。但对于陈埃的热情，我并不喜欢。

他让我喝酒，我就喝酒。他还让我唱歌，我并不想唱歌。那些歌曲我一首也没有听过。以前我是很爱唱歌的，不过现在这些陌生的东西出现在我的生活里时，像在一遍一遍地告诉我，我是个被世界抛弃的人。

我喝了很多酒，脑子晕乎乎的。我听见陈埃说："兄弟，以后跟着我一起干。有我吃的，就有你吃的。"

原来他做了这么多，就是为了给我找份工作，为了让我有活干。我心里说不出是什么滋味。

酒确实是个好东西，它能够让人撕掉一切伪装，暴露出最真实的自己。我喝多了，渐渐地忘记了自己经历过什么，曾经那个狂傲的我似乎又回来了。我抓着陈埃问："你是不是可怜我？老子要你可怜吗？"

陈埃好像也喝多了，他听见我这样问，眼睛里有很多我看不清楚的东西。也可能是我喝多了，才有这样的错觉。

他的声音低了下来，他把手放在我的肩膀上，头靠近我的身体，贴近我的耳边跟我说：

"那天要不是你，我就死了。要不是你，我就死了！你懂吗？我能有今天，都是因为光子你。我知道命运对你不公平，但是你能从死神那里把我拉回来，我就也能从泥潭里把你拉出来。”

他说得很深情，我听了很感动。

我还有未来吗？我真的能从泥潭里爬出来吗？

“重新做人”这四个字再次出现在我的脑海中。我听见何生跟我说：“哥，每个人都想重新做人，每个人都想做好人。”

我慢慢失去了意识，倒在了沙发上。

第四章　相亲

我醒来的时候，已经是第二天了。可能是许久不喝酒的缘故，我头疼得厉害，脑子一片空白，什么也记不起来。年轻的时候，我的酒量很大，一个人喝十瓶啤酒都不会醉。但事实证明，我现在不行了，不光是适应不了生活，连喝酒这么小的事，我都应付不了。这让我更加失意了。

我决定继续躺尸，因为这个世界，没有地方需要我。

就在我躺下不久，门被推开了，我看见六婆和何正强进来了。他们跟我说给我介绍了个姑娘，让我去相亲。

女人，对我来说确实陌生。我的生命里只有三个女人，一个是何生，一个是从小虐待我的继母，一个是抛弃我的生母。不过我三十了，是该有个女人了。我想起了昨天陈埃一家子，那才是正常的生活。要不我尝试一下去相亲？反正眼下也无事可做。

何正强看着我问："行吗？行的话，我让你六婆带你去。"

我说："行，那就去吧。"

我起身跟着六婆往外走的时候，被柳百合拦了下来。她说：“光子，你换身衣服再去。”她从屋子里拿出一套西装递给我。我抬头看了看天上的太阳，她竟然让我穿这么厚的衣服，我怀疑她是想把我热死。不过我并没有拒绝，而是回到房间默默地换上了这套西装。这西装并不合身，有些宽大。不过既然他们高兴，那我就做些让他们高兴的事吧！

我换好衣服从房间出来时，何正强和柳百合都满意地点点头。我又开始恍惚了，这里越来越像家了，这两个人越来越像父母，这是怎么回事？一想到这些，我头更疼了。正在啃西瓜的六婆见我收拾妥当，起身扔掉了西瓜皮，跟我说：“走吧！”

我跟在六婆的后面，出了院子。村子里的路变成了柏油路，村子里的土房子不见了，关于小时候的所有记忆也都不见了，连同村里的人好像都消失不见了。路上几乎看不到人影，村子里静悄悄的。

我听见六婆一边走一边念叨，说：“这个村子越来越没有生气了，住着很多等死的人。年轻人都走了，现在只剩下老人和小孩。这两年孩子也少了，越发安静了。”她像是跟我说，又像在自言自语。我跟在她的身后一言不发，听见了她长长地叹了口气，又接着说，“日子越来越好，可是村里失了人气，不知道是好是坏。”

她见我不说话，又说了一句："一会见了姑娘，可不敢不说话。要表现得热情一点。"

我说："好。"

有微风吹过我的脸颊，带着热气。天空一端飘来一朵黑云，遮住了太阳，看来要下雨了。六婆抬头看看天，惊喜地说："怕是要下雨了。这雨太金贵了，等了一个夏天，它也不来，庄稼都快旱死了。"我听见她这样说，扭头看了一眼路边麦田里的麦子，确实都耷拉着头，没有一丝生气。

十年，真的可以改变一切。它改变了村庄，改变了这里所有的人，改变了我的命运。而我要花多久才能适应这一切呢？因为天气炎热，我身上的西服被汗打湿，头发也湿漉漉的。

就在我觉得快要中暑晕倒的时候，六婆停了下来，说："就是这一家，你三婶家。我们进去。女娃是你三婶远房表妹的外甥女。"我想了很久也没有厘清和这个相亲女娃的关系。我顺从地跟着六婆进了院子。

门刚一推开，三婶家的土狗就叫了起来。三婶从房子里出来，热情地冲我们打招呼："六娘、光子，走，赶紧进屋！看把娃热得，满头都是汗。赶紧进屋，把你外套脱了，小心中暑了。"

六婆看着三婶小声问："来了吗？"

三婶冲着六婆点了点头说："来了。"

然后三婶又转过身跟我说："光子，别站着。走，进屋，到房里坐着。"

我把外套脱下来拿在手里，才发现里面穿着那件肥大的短袖。不过这些好像并没有关系，西服外套一脱，我立马觉得自己又正常了。

在房子里我看见了一个背对着我的女子，看不到脸，只能看见背影。我直愣愣地站在原地，不知道该说些什么。

三婶喊了一声云衣，那个女子闻声转了过来。六婆笑着走过去说："这就是云衣。来，过来。"云衣看了我一眼。不知道为什么，看见她，我忽然想起了柳百合。这两张脸竟是那样相像，应该不是长得像，而是神情和眼神像。那双眼睛里没有光，有些呆滞，又透着冷漠。

六婆跟云衣说："这是何光。"

云衣没有说太多话，只是咧着嘴笑了起来，然后含糊不清地说了一句："好看，帅。"

我猛地明白了过来，这个姑娘，看起来和我一样，都不是个正常人。我又想起那些年，大家都叫柳百合疯子的时候。

不知道怎么的，我忽然就在这里待不下去了，转身夺门而逃。

外面真的下起了雨，很大，滴在身上冰冰凉凉的。我沿着这条柏油路一直跑，一直跑，跑到了小时候我和何生常去的那个山顶。雨越来越大，风也跟着吹了起来。我颓然地坐在山顶，想到了死。

我站在那个山顶，任凭雨水打在我的身上。我走到一处悬崖边，伸开双臂，感受风的速度。我想起小时候。跟何生也玩过这样的游戏。我记得何生说：“哥，我长大了要离开这里，活出个人样，给这里的人看看。”

这句话不断在我脑海中回放：活着，活出个人样。雨慢了下来，我从悬崖那儿退了回来。我知道是何生救了我，那个和我一样深陷泥潭的女孩，总是对生活充满希望。

若是我不在了，她应该会很难过吧。她曾经说：“哥，你是我在这个世界上最在乎的人。因为有你在，我才不孤独，才有勇气活着。”

不知道现在的她还会不会如此想。只是为了她，我应该再坚强一点，不是吗？

那天我从山上下来的时候，天已经黑了，村子里更静了，能听见远处的狗吠声、路边蛐蛐的鸣叫声。这一刻，我才确定，这就是我曾经生活的地方、我的家乡，承载别人美好记忆的地方，我悲剧人生开始的地方。

没想到我刚到家，陈埃就来了。

他进来坐在沙发上问我：“听说你相亲去了，咋样？你确实是该找个女人了。”

我脱掉了身上湿透的衣服，爬上炕，把自己裹进被窝。

陈埃见我不说话，又问了一句："怎么了？你看你那样子，像是要死了一样。"

说到死，我倒是有了一点兴致。

我问陈埃："你说，我这样的人死了，会有人记得吗？"

他看起来有些吃惊，骂骂咧咧地说道："你一天胡尿想啥呢？活着多好。"

"那是对你们，不是对我。不是吗？你不知道我过的是啥日子吗？"

"不管以前是啥日子，以后都是好日子。"

说完这句话，他扔给我一个小盒子。

"我给你弄了一个手机。你明天跟我去干活，挣钱。省得你闲得蛋疼，要死要活的。"

他见我没有反应，又走过来坐在炕边，把盒子拆开，把电话卡装了进去，问我："会用吗？"

陈埃的热情让我很不适应。我不知道该说什么，只想趴着，就这样一直趴着，什么也不想。

他并未放弃，继续说："问你话呢。"

我只能打起精神应付他："谢谢了，知道了。我不需要。"

"你看看你那屌样子！这手机不是白给你的，以后你挣钱了还给我。"

说完这句话，他就走了。

我不知道为什么要那样对陈埃，我也不知道自己想干什么。我把手机拿在手里看了看，好像现在的人都有这个，我有了是不是就可以和何生联系了？

想到这些，我来了精神。我研究了半天，好不容易才打开手机。开机不久，陈埃的短信就过来了。他发了很多教程给我，让我学微信怎么用、电话怎么打、网络怎么用。

不知道为啥，看着看着，我突然就难过了起来。我好像听见有个声音跟我说：“请接受他人的善意，你会看到不一样的世界。”

我终于鼓起勇气，给陈埃回了一条信息。

“谢谢你，明天见。”

很快我就收到了陈埃的回复：“这才像个样子。明天早晨我打你电话。”

多年后陈埃离开了这个世界，我时常会想起他，想起这一天，想起他跟我说，要好好活着。可是我还没来得及好好感谢他，他便已经不在了。谁对谁错，谁能说得清？人活着注定要背负着某些东西前行，没有办法。

第五章 囚徒

那天晚上，我梦见了云衣，那个只见过一面的女子。梦里我和云衣结婚了，婚后重复着何正强的生活，云衣变成了柳百合的样子。我被困在那样的生活里，特别悲伤，又无可奈何。

后来我听说，云衣失踪了，有天她从家里离开，然后再也没有回来。家里人象征性地找了几天，就没有再找了。云衣是个疯子，但又不是个疯子，确切来说她是个重度抑郁症患者。只是这个村子里没人懂什么是抑郁症。这些年云衣把家里人折腾得够呛，早把大家对她的爱耗尽了。没有了爱，她只能成为拖累。所以云衣的失踪，对于她的家人来说可能也是一件好事。不过这些都是一年之后的事情了。

答应和陈埃一起去工作之后，我逐渐过上了正常人的生活。有时跟着陈埃去收药材，有时跟着陈埃去地里种药材，或者组织村里的剩余劳动力去地里干活。

陈埃每个月都会给我发几千块工资。我有了钱，就会打给何生。何生总是说："哥，我不要。"

但是我能做的只有这些，我想让她过得好一些。这世间，除了何生已经没有人值得我为之努力了。陈埃经常拉着我去他家喝酒。他的媳妇叫黎忆，是个贤惠的女人，不仅把孩子照顾得很好，还在镇里经营着一家化妆品店，生意不是很好，但是也能养活自己。

每一次我去他们家喝酒，黎忆都很热情地招呼着我：“光子来了？赶紧进来！”

他们的儿子不知道为什么特别喜欢我。那个小孩话特别多，总是奶声奶气地问我很多奇怪的问题。陈埃和黎忆总是眼神温柔地看着孩子。去他们家次数多了，我慢慢也有了找个女朋友的念头。

这时我三十岁生日刚过，时常觉得很孤独，尤其是夜晚来临的时候。有时候我会做梦，梦里我有一位美丽的妻子，她喜欢安静地躺在我的怀里。我身体里残缺的部分，慢慢被填满。

醒来的时候发现我依然孤身一人。虽然何生总是跟我说：“哥，你来上海。”但我没有去上海，甚至没有再出过这个乡镇。

我说：“哥在家里，给你挣钱。”

何生就不再说了。她总是在深夜和我视频聊天。我看见她一个人坐在沙发上，头顶的灯光照在她的脸上。她对着我笑，我在她的眼睛里看见了平静。她跟我讲她的工作，跟我讲她的生活，跟我讲她遇见的人。

她常常说一些我听不懂的话。

她说："哥，我发现人生缺失的很多东西这一辈子都补不回来了。"

她说："难道我们这样的人，就不配拥有爱和幸福吗？"

她说："哥，这个世界上不存在好人坏人，每个人的好与坏都是相对的。"

我无法回答她，只能说："哥听着呢！"

以前她总是高傲地仰着头，现在她总是微笑着平视我。有时候我看着她的笑，总觉得那不是笑，而是一种对无望生活的反抗，一副戴在她脸上的面具，一种她对这世界的嘲讽。

我发现了一个秘密，无论是过去还是现在，我和何生的世界里只有彼此。没有人进得来，也没有人想进来。

我又想起陈埃跟我说的那句话，他说："兄弟，你得放下一些东西，才能拥有一些东西。"

放下？我要放下什么呢？我又拥有什么呢？

何生说："哥，你闲了可以打游戏，在虚拟的世界里，你可以是任何人。"

之后我学会了打游戏。在打游戏的时候，我认识了一个女人。她和我一样总是会打游戏到深夜。我的游戏名叫"被囚禁的灵魂"。她的游戏名叫"被囚禁的鸟"。起初就是因为看到这个名字我才选择和她组队的。她的游戏技术很菜，但是从不服输。我看着她像是看见了小时候的何生。

有一天深夜打完游戏，她跟我说："小哥，加个微信？"

我说："好啊！"

三十岁了，我也想谈个恋爱了。所以当她有这个提议的时候，我爽快地答应了。从那天开始，我的生活里多了一个女人，一个虚拟的女人。我不知道她在哪里、长什么样子、多大了。可是我总是会想起她，总是会幻想她的样子，甚至渴望和她见面。

没错，我网恋了。我把这个消息告诉了陈埃和何生。他们都跟我说对方可能是个骗子。我觉得很难过，因为这是我的初恋。那天晚上，我第一次站在镜子前。我在镜子里看到了自己，苍白的脸瘦得已经有些脱相，与何正强一模一样的剑眉、大眼、高挺的鼻梁、薄唇、延伸到耳边的青色胡茬。难怪很多人都说我长得好看，确实很赏心悦目。

我决心去见她，不管她是不是骗子。不过我这个决定遭到了何生和陈埃的强烈反对。但没有想到的是，何正强却很支持我。他跟我说："去见见也好，合适了就结婚。你也该结婚了。"

自从那天我见了云衣然后落荒而逃之后，就再也没有人愿意给我说媳妇了。六婆又变成了我记忆中的那副样子，她用尽一切恶毒的言辞，跟大家讲我如何落荒而逃、如何狼狈不堪，甚至连同我的往事也挖了出来，到处宣扬。

不过她撕掉伪装，倒是解开了我的困惑。原来他们并没有失忆，只是在伪装，只是为了自己的某些利益，为了能够得到一些茶余饭后的谈资，刻意假装热情。

关于人性，对我来讲，已经不那么可怕了。我发微信给“被囚禁的鸟”，约她见面。她一直没有回我，这对我来说无疑是个坏消息。到了那天深夜，我正躺在床上发呆的时候，手机响了。我看见她问我：“你结婚了吗？”

我说：“没有。”

她说：“你为什么想见我？”

我说：“我总是想你。”

她说：“我不相信男人。”

我说：“我都不算个男人。”

她发了一个微笑的表情给我。

我说：“我们见面吧！你在哪里？我去找你。”

她说：“好。”

那是我出狱之后，第一次离开家乡，为了一个虚拟世界里的女人。我们都是被生活囚禁的人，如果真的在一起，会有办法逃出囚笼吗？

第六章　爱情

我去找“被囚禁的鸟”的时候，没有告诉何生和陈埃，只是跟何正强说了一声，就走了。我什么也没有带，只带了手机。我已经学会了微信支付，慢慢适应了这个陌生的世界，知道了游戏、网购、快递、外卖、直播这些新名词，新的生活方式替代了我原来的生活方式，新的生活就这样开始了。

我出了家门，沿着这条公路一直前行，突然想起十六岁那年离开家的那个早晨。我还记得那天是冬至，天特别冷，我的手和脚都被冻伤了，走路的时候，细微的疼痛向全身蔓延开来。

那时的我穿着一件破旧的棉衣。当时我已经辍学好几年了，和牛棚里的牛过了几年朝夕相处的日子。在那样的日子里，我时常觉得自己也是一头老牛。

我跟着老牛学到了很多，例如隐忍，例如任劳任怨，例如勤劳。我和老牛唯一的区别是它不会说话，而我会。跟它待久了，慢慢的，我的语言能力也开始退化，很多人见了我都会说一句，这娃咋越来越像个哑巴了。

那年我是偷偷跑出来的。在我离开的前一天，何生又和人打架了。她被打得很严重，脸肿了，手破了，裤子都被撕烂了。

她已经几年没有和人打架了，不跟人打架的日子，她常常一个人蹲在门口看蚂蚁搬家。她这个习惯持续了好几年。我不懂蚂蚁有什么好看的，后来我渐渐懂了，蚂蚁对她的意义，就如同老牛对我的意义。

那天何生从外面回来的时候，我刚割草回来。她扑过来抱着我，我看到了她身上的伤。还不等我问她怎么回事，她就已经开口。她的声音有些哽咽，但那双倔强的眼睛里没有泪水，只有不甘和愤怒。

她问我："哥，你说，为啥我们和别人不一样？为啥不一样？"

她这句话难住了我。其实我也无数次问过自己这个问题，但至今都没有找到答案。

她接着问我："为什么他们总是要那样对我们？为什么我们总是被欺负、被嘲笑、被侮辱？到底是因为什么？他们的优越感来自哪里？"

我没有办法回答她的问题，只能帮她报仇。

我是一个懦弱的人，从来没有打过架。不知道那天晚上是哪里来的勇气，我出了门，把跟何生打架的那群孩子狠狠地揍了一顿。打得好像挺重的，比何生的伤还重一些。

回来的路上，我终于明白，为什么何生经常打架。这种反击真的太过瘾了，让所有的不公平都显得公平了。只是我没有想到这件事会带来的后果。

我们刚回家不久，院子里就挤满了人。叫骂声此起彼伏，那些被打的孩子带着他们的父母来到了我们家。

更可气的是，我们家那只老土狗竟然被吓得躲进了狗窝，一晚上都没有出来过。除了讨公道的人，看热闹的人也站在我们家门口。他们把我们家围得水泄不通。

我和何生被围在中间。何生昂着头看着这群人，我低着头看着那只破了洞的棉鞋，耳边不断传来不堪入耳的骂声。何正强和柳百合从地里刚回来，看见院子里挤满了人，不解地问怎么了。

有人推了一把何正强说："你能不能管好你家的娃？你要管不好，我替你管。你看看把我娃打成啥样子了！"

何正强那一长一短的腿失去了重心，向后倒了下去，坐在了地上。我缓缓地抬起头看着众人，看见那群看热闹的人脸上浮现出了笑容。他们笑着、看着，像极了恶魔。我的身体渐渐失去了力气，又恢复到了往日的样子，失去了表达能力，无力地看着周围这一切。我看见何生飞奔过去，扶起了何正强，然后向那个推何正强的男人走去。她头向前抵着，像老牛一样向他撞去。只是她太瘦了、太小了，那个男人纹丝不动，倒是何生被反弹了回来。柳百合一把抱住了何生，她看了一眼众人，拿起手边的锄头向人群抡了过去。

她那尖锐的声音出现在人群中，压住了所有人的声音。人群开始混乱，到最后慢慢散开。柳百合的愤怒，让那群来“讨公道”的人一哄而散。

我听见他们离开的时候，一直在重复着一句话——疯子，他妈的一家子疯子！

有些孩子被吓哭了，那群人惊慌失措地四散逃去。柳百合挥舞着锄头追在他们身后。那一刻柳百合在我心里不再是那个恶毒的后妈，而像一个保护弱者的英雄。

家里又恢复了宁静，柳百合拉着何生回了房子。

何正强看着我问：“是你打伤了村里的孩子？”

我没有说话。

何正强看着我，眼里升起了一团火焰，像是要把我毁灭一般。他转过身拿起那条牛鞭，狠狠地抽在我身上。

何生听到声音，从屋子里跑了出来。她拦着何正强喊道：“哥哥没有错，哥哥没有错！”

可是何正强像是魔怔了一样，鞭子一下一下地落在我的身上。

他一边打一边喊着："让你打架，让你打架！你也不看看你是谁，你有那个资格吗？"

柳百合一直在旁边看着，没有阻止，也没有说话。只是我家那躲进狗窝的土狗，却在此时胆大了起来，叫个不停。

那天晚上，我没有睡觉，我一直想着怎么离开这里。身上的鞭痕不断地提醒着我，这里已经没有我的容身之处。

于是在天还没有亮的时候，我偷了何正强的钱，离开了家。我不知道我要去哪里，不知道外面的世界是啥样子，只知道这里我一天也待不下去了。

此后两年，我一直到处流浪，靠捡垃圾为生。直到何正强找到我，把我拖回了家。那年我十八，何生已经上初中了。

我回家那天正好是周末，何生看见我，眼睛里闪着光，悄悄把两颗大白兔奶糖塞到我的手里。

我在家里待了一天，晚上还是住在柴房里。夜深了，我看见一个人进了我的房子，是何生。她坐在地上的一块木头上，轻轻地喊了我一声："哥。"

我打开灯，看见她在哭，我已经很久很久没有见她哭了。

她说："哥，对不起，都是因为我！这两年你去哪里了？我好想你！"

我看着何生，她长大了一些，头发变长了，眼神更冷漠了。

她一直在说话，给我的感觉是，从小到大她说的话，都没有那天晚上说的多。

她说：“哥，我慢慢理解你为什么要离开了，这里一点都不好。我长大之后也要离开这里。”

她说着我听着，一直到外面天快亮的时候。她跟我说：“哥，你还有一个妈妈。如果这个家让你觉得不幸福，你可以去找她。我希望你过得好。”

说完这句话，她就走了，去上学了。

那天下午，何正强跟我说让我去广东打工，我的一个姑姑在那边，他跟那边说好了可以进厂子。

于是我又走了，那天我和陈埃一起去的车站。分开的时候，陈埃跟我说他要去四川学厨师，而我选择了南下去广东。

过往的一切都涌上了心头，我没有想到我依然记得这么清楚。有时候我会想，要是我听从了何生的建议去找我的生母，我的人生会不会不一样？

太阳已经升起来了，植物在阳光的普照下显得生机勃勃。我打开手机给我要去见的女人发了一条消息。

“我在车上，等我！”

她很快回了一句：“等你！”

我满怀期待地坐着车子再次出发，怀着和第一次南下的时候一样的心情。不知道这一次我会遇见什么。

第七章　误杀

世界变了，什么都不一样了。我像一个沉睡的人，沉睡十年，再次醒来，发现什么都是陌生的。买票只需要扫个码，进车站只需要刷身份证，那些烦琐的手续都没有了。我很不习惯这个世界，却只能努力去学习。有时我不想学习，只想躺平，可是我又想活着，想要活着又必须去适应这一切。

就像我已经习惯了手机，习惯了每天晚上和何生视频聊天。我在改变，这种改变是不知不觉的，在我都没有意识到的时候就已经发生了。可能人生就是这样，只要你想活下去，你就得去适应周围的一切。

“被囚禁的鸟”说她在省城上班，并没有说她是做什么的，只发给我了一个定位。

我问她这是什么？她很惊讶地问了一句：“大哥，你不会真的是穿越过来的吧？这都不知道？”我没有告诉她我的故事，开玩笑地说了一句：“你还真是说对了。我是穿越过来的，我来自十年前，那时候还没有这个东西。”

"被囚禁的鸟"没有再追问，只告诉我："你打车过来就行。你把这个给司机，司机知道我在哪里。"于是，下了班车，我打了一辆车，把她发给我的东西给司机看。司机真的只看了一眼，没有问我去哪里就出发了。看来她并没有骗我。

城市的高楼大厦让我恐惧，越是陌生的地方，我的恐惧感就越重。看着这些建筑，我总是想起那个纸醉金迷的地方，那是我的噩梦，也是我罪恶的源头。

我看着外面的一切，没有兴奋感，只有害怕。人越来越多，楼越来越高，周围越来越热闹。但我越来越想逃跑，见她的勇气在慢慢消失。

就在司机跟我说马上到达目的地的时候，我突然失控了，对司机说："我不去了，让我回去，我要回车站！"司机疑惑地看着我，但是还是听从了我的要求，掉了车头。

那天我最终还是没有鼓起勇气去见她，我在车站附近一直坐到天黑。后来在附近找了一家小旅馆住了下来。我不敢看人，不敢跟任何人说话。我怕他们看出来我是谁、来自哪里。

她给我发了很多次视频邀请，一直问我在哪里，是不是走丢了。

我无力地躺在旅馆那张铺着泛黄白色床单的小床上，想着要不要回她信息。我盯着手机看了很久，然后躺在床上发呆，谁知道竟然模模糊糊地睡着了。

我醒来的时候，已经晚上十点多了。她还打了两次视频，没有再说一句话。我想她应该是难过了吧，又觉得应该没有人会为我这样的人难过，这么一想，我自己反而难过起来了。

我决定告诉她一切，包括我的恐惧。

我想了很久，打出了六个字："我刚坐牢出来。"

那边一直没有回消息，应该是看到这几个字害怕了吧。

这时我才想起来今天还没有吃饭，肚子饿得一直叫。不过这些都不重要了。当说出那句话之后，我忽然就轻松了。又是个漫长的黑夜，不知道黎明何时到来，我又要怎样挨过这漫漫长夜。

我从床上爬起来，慢慢地挪向窗户。外面的世界和村子里完全不一样，和我曾经住的地方也不一样。这里的夜晚如白天一般，到处灯火通明，街上的鸣笛声不断，小车好像已经不是什么稀奇的东西了，人的日子好像也和过去不一样了。现在到底是一个怎样的社会？我默默地想。不知道这些与我有关系吗？不知道我和这个世界还能有关系吗？

就在我像哲学家一样思考问题的时候，何生的电话打来了。

我刚拿起手机，何生的声音就传了过来，她的语气和往日不一样，说话急匆匆的。她问："哥，你在哪里？和谁在一起？你怎么不告诉我就出门了。不是跟你说过，网上都是假的，你怎么还信这些？"

听见她这么说，不知道为什么，我突然就很不舒服，脱口而出一句："你说得对，你哥就是个傻子，啥都不会，啥也做不了！"

这句话说出口我就后悔了。可是我就那样说了，说得理直气壮。要是我知道这些年，何生一直因为那次打架而备受煎熬的话，我一定不会这样说。我离开家之后，何生一直觉得这一切都是因为她。可如今懦弱的我，因为失恋，却把火发在了最爱我的人身上。

何生沉默了，过了一会，她轻声说："哥，对不起，我不是这个意思。"然后电话断了。我颓然地坐在地上，靠着床。不知道我在哪里，为什么这么做，到底想要什么。我整个人一下子迷茫了，只有一种感觉，就是累，想睡觉，想睡到再也不醒来。

就在我决定用睡觉忘记这一切的时候，那个女人竟然回我消息了，她说："你就是因为这个放我鸽子？"

我说："这个还不够吗？"

她继续回复："你因为啥坐牢？"

我说："杀人。误杀。"

她说："看来你是个有故事的男人。"

我说："你真是大胆，我这样的男人很危险。"

她说："我不怕危险，我就喜欢听故事。你在哪里？我去找你。”

这一次我没有退缩。并不是因为我不懦弱了，多半原因是我在和何生赌气。我要证明我没错，对方并不是骗子，我也不是傻子。

她来的时候已经是夜里十一点多了，我打开门，看着站在门口的女孩。她看起来很年轻，并不是很漂亮，很瘦，一双凤眼闪着光，化着淡妆，穿着一袭黄色的长裙，戴着眼镜，很文静，和我想象中很不一样。

她看到我笑着说："天哪，你竟然这么帅！比我想象中好看多了，一点都不像个罪犯，倒像是个落魄的王子。"

她放松的神情，让我也放松了下来。

这是我第一次近距离接触女人，而且是一个像太阳一样的女人。

我很紧张，不知道该说什么，只能坐在床头看着她。她看起来并不怕我，一直在笑，一边笑一边问我："小哥哥，你叫什么名字？"

我说："何光。"

"何光？很好的名字，和你很配。"

"你呢？你叫什么名字？"

她又笑了。她一笑世界就暗了，整个世界里只留下了她那张发着光的脸。

“你还知道问我名字啊？我还以为你是个傻子呢！”

“你说什么？我是个傻子？你确定要这样说？”

我站起来走到她的面前，看着她，伸出手把她拉到身边。她没有挣扎，静静地靠着我。我再次问她：“告诉哥哥，你叫什么？”

她的声音没有了刚才的张扬，变得很温柔。

我听见她说：“穆清。”

“穆清，很不错的名字。”

她没有再说话，也没有笑，安静得像睡着了一样。

我的手摸着她的头，看着她的眼睛问她：“你害怕我吗？”

她说：“不怕。”她的神情看起来和刚才不太一样，呼吸有些急促。

我看着她这个样子，心中升起的欲望更盛了。

“穆清，我是一个刑满释放的罪犯，你确定你不害怕我吗？”

她再次说：“不怕。”

我们的故事从这一天开始，过程很短暂。她很瘦，她的身体贴着我的身体，我发现我身体里的一些东西在复活。她躺在我怀里，跟我讲自己过去的故事。我们一起在黑夜里等待黎明。

第八章　心牢

我恋爱了，很神奇，网恋。穆清成了我的女人，她一点都不害怕我。她说："长得好看的男人，心眼都不会太坏。"我认可了她的说法，因为她这样说的时候，我很快乐。

我还特意发了一张我和穆清的合照给何生，告诉她："你看，我没有被骗吧！"何生一直都没有回我信息。收不到何生的信息的时候，我心里很慌，无法安定。

到了第二天，我住的房间响起了敲门声。没有想到何生来了。她站在门口，冷眼看着穆清。穆清没有说话，只是紧紧地盯着我的眼睛，很平静，看不出来情绪。我赶紧解释道："穆清，这是我妹妹何生。"

何生没有理穆清，直接进了房间。穆清听我说何生是我妹妹的时候，脸上的表情很奇怪，但是很快就恢复了平静。

"你怎么来了，何生？"

"我很担心你，所以就来了。"

"你看看，我很好，并不用你担心。你好好上班就好。"

我没想到我说完这句话，何生竟然哭了。

她说："哥，我再也不能失去你了，你懂吗？"

看见何生哭，我一下子就慌了。其实我并不了解她的痛苦。我过去抱着她，擦干了她的眼泪，跟她说："相信哥，我会努力好好活着。"

何生听见我这样说，终于止住了眼泪。她指着穆清问我："这就是你女朋友吗？"

我说："是的。"

她走到穆清跟前说："你好好对我哥哥，他太苦了。"

穆清勉强挤出一句："尽力。"

何生说："你最好不要骗他，不然我会让你好看。"

她现在的气势让我想起她小时候跟人打架时的样子，明明又瘦又小，可气势上从未输过。

后来我常常想起这一幕，不知道穆清是怎样接受这个事情的。看到陪了自己一夜的男人在和空气对话，她是否恐惧。只是我知道真相的时候，穆清已经从我的世界里消失了。

穆清是一个作家，准确来说，她是一个喜欢写小说的作家。她跟我讲了很多故事，那些故事比我的人生还要离奇。

她说："你的人生并没有什么特别，我见过很多离奇的人生。只是没有见过像你这样好看的男生。"

穆清喜欢闭着眼睛用手摸我的脸。她的手指很长，冰凉。

我喜欢和她在一起的时光，和她在一起可以让人忘记世间的一切。

那天下午，我告别穆清，回了家。离开的时候，我问她：“你要跟我走吗？”她跟我说：“我要去云南支教了。近些天，我常常写不出来稿子。我需要找一个安静的地方休养，顺便做些事情。”

这一切就像一场梦，我遇见了一个和我不同世界的女人，然后相爱，离别。可能此生再无相见的机会。她去车站送我，我走过去抱了抱她。我们谁也没有说何时再见，就那样分开了。

在车上，我收到了穆清的微信，只有两个字：“再见。”

我看着这两个字，不知道穆清说的是再也不见，还是期待再见。我没有回复她的信息，心却再也静不下来，脑子里都是她。

车子离省城越远，我对穆清的记忆就越模糊。下车的时候，我发现我已经想不起她的样子了。只记得她的手很凉，喜欢背靠着我，把头埋进手掌里睡觉。

回到家后，何正强一直追着我问相亲怎么样啊？女孩怎么说？他甚至告诉我已经为我准备好了彩礼，只要我能找到媳妇，立马就可以结婚。

这是我完全没有想到的。我看着何正强，他看起来还是那般懦弱，不过我对他的恨好像越来越淡了。

看着他跟在我身后的样子，我就知道这个男人从没有逃过自己内心的审判。于是这些年，我被囚禁在牢里，而他一直被囚禁在自己的心里。

我又开始跟着陈埃干活了。我和穆清的关系也回到了从前，经常一起打游戏、一起聊天，再也没有说过见面，也未曾说过想念，说的都是一些无关紧要的事情。后来穆清去支教了，那里信号不是很好，有时候我们好几天都联系不上。她比以前黑了不少，她说最近好像有了一些灵感，要把我写进小说里。她说，生命是有限的，我们需要做些自己喜欢的事情。

穆清跟我说了很多话，有一些我可以理解，有一些我理解不了。我在发生着某种变化。这种变化，我自己并没有发现，还是陈埃告诉我的，他跟我说："你恋爱之后，有了生气，这样很好。以前我总觉得你没有灵魂，就像个行走在人世间的木偶。"

就连何生都跟我说："哥，我发现你会笑了，你笑的时候真好看！"

2017年腊月，穆清不见了，她很久都没有联系我。我给她打了很多电话，一直没人接，她的游戏也再没有上线过。

穆清从我的生命里消失后，我的日子又回到了从前，重复、枯燥无味。

我没有想到另一个人——那个生下我、抛弃我的女人，会出现在我眼前。她跟我说：“光子，我是妈妈。”

我看着眼前这个陌生的女人，内心没有一丝波澜。曾经我那么渴望可以见到她，可是如今好像一切都无所谓了。我站在地头，跟我一起干活的大爷大妈都停下了手里的活，看着我窃窃私语。

她泪汪汪地看着我，我冲着她笑了笑，说：“你走吧，我没有妈，我也不需要妈。”

她看起来有些难以接受，眼睛红得厉害。不过她的悲伤对我来说没有丝毫影响。我对她的爱、对她的恨，在那些暗无天日的日子被一点点吞噬，不剩分毫。我没有了欲望，没有了情绪，变成了一台机器。成为这样的人之后，我逐渐变得平和，于是就活到了今日。

关于她的故事，我倒是听过一些。只是我并不知道故事的全部，也并不知道她抛夫弃子的真正原因。

那天晚上她并没有走，住在二婶家里。她每天都会到我干活的地方来找我，说着一样的话。地头的画面每日重复着。亦有人过来劝我，希望我可以接受母亲的好意。

他们说得很煽情。在他们的嘴里，我就是一个十恶不赦的不孝子。不过那又如何？这样颠倒黑白的事，这样是非不分的人，我又不是第一次碰到。

冬天来了，寒风总是不经意间吹过我的脸庞，吹得我眼睛都睁不开，勉强睁开眼睛，便有液体从眼眶溢出。她固执地坚持着，村子里关于我的流言蜚语再次横行，我平静的生活被彻底打乱。很多被埋藏在过去的东西再次被翻出。生活完全失控，我又开始失眠了。

她在村子的那些日子里，我夜夜做噩梦，总是梦见她转身离开的那一幕。我不知道为什么总是会梦见她。我给穆清发了很多消息，她都没有再给我回过一次。

半个月之后，她要走了。我待在房子里一整天，最终还是没有去见她。那天和我一样心烦意乱的还有何正强。那是我第一次觉得何正强是一个有感情的人。

他依旧沉默，但是他的脸上写满了痛苦。家里看起来正常的人好像只剩下那个人人都觉得不正常的柳百合了。

我开始分不清现实，总觉得活在幻境中。冬天一到，所有的活都停了下来，陈埃说：“明年春天再干，现在可以歇着了。”

于是我就躺在屋子里，日复一日。我看不到未来，也找不到人生的意义，只是为了活着而活着。

就在这时何生回来了，她比我上次见她的时候更瘦了。她站在我的房间门口，冲着我喊哥。我看见她甜甜的笑容，心忽然亮了。她很少笑，不过她笑得真好看。外面飘起大雪，何生坐在我身边，跟我讲她在上海的故事。

第九章　消失

雪下了整整一夜，何正强替我把房间里的火炉生起来了，那是我不曾感受过的温度。炕烧得热烘烘的，我躺在被窝里，想起小时候的生活，想起在狱中的生活。

穆清依然联系不上，我的爱情刚开始就结束了。不过对于这样的结果，我并不感到意外。何生回来之后，我的生活里多了一些声音。她喜欢待在我的房子里看书，或者趴在窗台上发呆。

我跟何生说穆清消失了。

何生看起来一点也不惊讶，她说："像她那样的女子，并不适合你。这样也好，反正所有人最终都会离开。"

我在她的脸上看到了欣喜。不知道为什么，看到她的表情，我有那么一瞬间很厌恶。我厌恶她如此清醒，厌恶她从不给我留任何幻想的余地，把所有事情都如此直白地说出来。

不过更令我没有想到的是，穆清死了。那天是大年初七，我躺在床上玩手机，看到一则新闻。新闻里说一个来云南支教的女子疑似被杀害，目前死者身份不详。新闻里死者面部模糊不清，可是我清楚地看到了她头上那个发卡——她来见我那天头上戴着的那个发卡。

我看着那个新闻，心像是被什么挖走了一样，曾经因为她而变得柔软的那些东西，再次变得坚硬。我失去了她，这个世界再也没有一个穆清。

同时知道这个消息的还有何生。她拿着手机站在我的房间门口，迟迟不说话，也不进来。我们两个就那样沉默着。她看起来比我还要难过，眼睛红得厉害，低着头，和小时候一模一样。

我决定去云南。我想知道那个女子到底是不是穆清，我想知道她是不是真的从这个世界上消失了。

生与死总是在不经意间出现在我们的生命中。上一次面对生死，我才十九岁。刀子没入那个人身体的时候，我的脑子是蒙的，什么也不知道，只是看见了好多血，染红了我的手，染红了洁白的地板，染红了整个世界，然后把我拖进无尽的黑暗之中。当我清醒过来的时候，我已经被关进围墙之中。

那时候我不知道这个世界原本是什么样，只知道我在这个世界的这些年，过得很辛苦。直到遇见王虎，我才知道啥是人过的日子。

至今为止，我都不知道我有没有做错。如果时光倒流我会怎么做？或许我还是会那样做。王虎让我知道了什么是人该有的样子，而关于他是好人还是坏人，我一点都不关心。无论他对别人怎样，他对我是真的好。

后来我也想过，可能那只是他笼络我的一种方法。可那又怎样，即使如此，我也像人一样活了一年，活得潇洒快活。

那年我来到那座城市，那是一个和村子完全不一样的地方，没有人在意你是谁，甚至没有人看你一眼。我就那样漂着，找了很多工作，都做不长久。后来我开始流浪，睡在大街上，晚上去捡垃圾，早晨去卖掉，用挣的钱买来馒头充饥。

那天我和往常一样，睡在广场的椅子上。这时，走过来一个男人，他比我还脏，可能与我有一样悲惨的人生。不过有相同遭遇的人，有时候并不会相互理解、惺惺相惜，反而会彼此仇视。

我们为了争夺地盘而打架，就像草原上争夺地盘的野兽一样。那场争斗我赢了，那个流浪汉被我打得趴在地上。他脸上的血顺着脸颊滴落，把他那张狰狞的脸，衬得像个鬼。

或许他已经习惯了这样的争斗。输了之后，他没有说什么，只是从地上爬起来看了我一眼，而后竟然咧着嘴笑了，那笑在黑夜里显得十分诡异。他就那样笑着离开了。他比我老很多，头发都白了。他离开的时候，我发现他的一条腿是瘸的，走路一摇一晃的，像极了何正强。

不知怎么回事，我看着他突然就落泪了。而王虎就是在这个时候出现在我的生活里的。那个男人走了之后，我看见站在远处的王虎，他缓缓地向我走来。王虎应该有四十多岁了，头发梳得整整齐齐的，穿着一套运动衣，眼睛如鹰。他盯着我看的时候，我本能地从心底生出一丝恐惧。

我不敢看他，只能低着头，手上还沾着那个流浪汉的血。我等待着另一场争斗。但我知道，我一定会输，因为我的心在颤抖，他的目光已经杀死了我。我可以在一个瘸了腿的流浪汉面前有无尽的勇气和自信，因为我们都来自地狱。可是这样一个人间的人出现，我作为鬼的自卑感突然就生了出来。

只是争斗并没有来，他小声地问我："孩子，你怎么住在这里？"那句话，我一直都记得。就是今天，我依然能想起他说这句话时的表情。心依然会因为这样一句话而备感温暖。我没有回答他，继续低着头，坐在椅子上。他说："你真的像极了我年轻的时候。"我还是没有说话，我不知道该说什么。但是我能感觉到，他说这句话的时候一定是在笑。

他坐了下来，轻声说："既然你无处可去，那我带你回家吧！"

于是我跟着他走了。之后我一直跟着他。他对我极好，总是叫我孩子，但平时很少与我说话。我被安排在一家夜总会当服务生。我有了工作，有了住的地方，还有了钱。我甚至觉得自己不是鬼了，而是个人。

这家夜总会是他的产业，但他来得很少。店里人都知道我是老板的人，对我很客气。我总想做点什么事情报答他，若是有人闹事，我总是冲在最前面，用打流浪汉的凶狠制住那群闹事的人。看见我浑身是伤，他从不多问，而是会给我钱，也会让人带我去医院。后来我才知道他已经五十多岁了，并不是四十多岁，还知道了他叫王虎。除此之外，我对他一无所知。不过那些都不重要，重要的是他对我好。

他在我心里如同父亲一样。村子里那些事情离我越来越远，新的生活让我对未来充满了希望。

直到有一天，他跟我说："光子，我没有孩子，以后你就把这里当作你的家。"

他真的成了我爸。他让我叫他干爹，平时出去做事的时候都带着我。大家对我更恭敬了。

我变成了另一个模样，镜子里那个帅气、张扬的男人一点都不像我。那一年，我才知道什么是人过的日子。

大城市的灯红酒绿让我迷恋。走到街上看到流浪汉的时候，我会扔下一些零钱。我期待再次见到那个瘸了腿的流浪汉，我要让他看看我现在的样子。我不知道为什么会有这样的想法，不过直到我被关进那个地方，我都没有再见过他。

在我被关进监狱的那天晚上，我做了一个长长的梦，梦里何正强和那个流浪汉的脸合而为一。我才知道，我想见的并不是流浪汉，而是何正强。我想让他知道，我现在过得有多好，我想在他面前耀武扬威，找回曾经失去的一切。

只是还未等我让他看见我意气风发的样子，我就被再次打回了地狱。

我至今记得，那一天王虎看着我带头冲上去，直到我的刀子插进对方的身体，王虎都没有说一句话，只是站起来看着我。我被警察带走的时候，他都一直沉默着。

我看着王虎，期待他为我说点什么，可是他始终没有。在我被关进监狱的第二天，王虎的律师过来跟我说："要是想让你干爹活着，你就什么也别说。"然后我就什么也没有说。无论他做了什么，他都是唯一让我活得像人的人。

那个人没有死，所以我被判了十年。我用十年换了一年做人的机会。后来我无数次问过自己值不值得。

从那天开始王虎就消失了，我再也没有见过他。那一年就像一场梦，一场我臆想出来的梦。倒是何正强出现了。他比以前更苍老了，坐在我的对面，握着电话，眼睛布满了血丝。他说话结结巴巴的，带着哭腔。我又想起那个流浪汉，他们是那样相像，一样懦弱无能。

我决定去找穆清。何生说："哥，我和你一起去。"

然后我们一起离开了家。何正强和柳百合站在门口看着我们离开，没有阻止。他们像天下所有送自己孩子远行的父母一样，脸上有担忧和不舍。

我看了他们一眼，对何生说："他们越来越像父母了。"

何生说："或许他们也才长大。"

第十章　寻找

二〇一八年大年初七，我和何生离开家，前往云南，去寻找一个只见过一次的女子。

我已经很久很久没有和何生在一起生活了。她变了很多，比小时候多了一些生气。她那水藻般的长发贴在瘦弱的身体上，那双细长的眼睛总是带着雾气，让我觉得她一直在哭。她比小时候健谈了许多，偶尔讲到好玩的事情，还会发出笑声。她的声音不再像小时候那般尖锐，而是变得柔和，像风一样飘进我的耳朵里。

我们走了很久，从村子走到镇上。何生说："我已经许久不走路了，没想到我竟然可以走这么远的路。在城市里，出门总是有各种各样的交通工具可以选择。"

她一边说话，一边慢慢前行。冬天的家乡，到处透着荒凉，树是秃的，山是秃的，所有的一切都透着一股死寂。

我们到镇上的时候，太阳已经爬得老高了。何生说："哥，你该理个发。你的头发太长了，像个流浪汉。"

不等我回答，便被她拖进了一家理发店。在镜子里我看见了自己，我的头发已经垂到了耳边，凌乱地挡在那张英俊的脸前。理发师是个二十多岁的姑娘，她一边理发，一边盯着我看，好像我脸上有什么她没有见过的东西似的。这样炙热的目光，让我极不适应。倒是何生坐在一旁，看看我，看看那个小姑娘，眼睛里出现了一丝莫名的笑意。

剪完头发确实看起来比刚才多了几分精气神。付了钱，我拉着何生落荒而逃。何生看着我狼狈的样子，笑弯了腰。

她轻声说："哥，那个女孩可能想给我当嫂子。"说这话的时候，她看起来是那样快乐。我想起刚才的姑娘，她的手很凉，理发的动作很轻柔，眼神炙热。这样的姑娘确实很动人，很有吸引力。有那么一瞬间，我都差点想放弃去寻找那个不知道是否还存在的人。我甚至开始幻想，我也可以拥有陈埃那样简单的生活。可下一秒，穆清的脸出现在我的脑海之中，我想起了她讲给我的那个故事。我开始思考，我是否爱她，我对她的感情，是因为爱，还是因为她是另一个我。

还记得那一晚穆清躺在我的怀里，手在我的胸口轻抚。她说："你知道我为什么要当作家吗？因为作家可以改写别人的人生。在小说中，我可以拥有一切，也能主宰一切。"

我不懂穆清说的那种感觉，只是觉得那样的人生很不错。

穆清趴在我的怀里，像一只柔弱的小猫。她把我的手放在她的身体上，悄声跟我说：“我喜欢被抚摸的感觉，让我能够感受到自己真实存在着，感受到爱。”我的手在穆清的身体上下移动。她把头埋在我的胸口，跟我讲了那个故事。

穆清的第一句话是：“我早知道，我们是同一类人。”

我不知道她为何有那样的错觉——一个作家和一个杀人犯是同一类人。直到听完那个故事之后，我终于明白了，穆清说得一点都没错。

外面的世界很热闹，我和穆清躺在那间逼仄的小旅馆里。她真的太适合当一个作家了，她很会讲故事。我一边听她讲故事，一边把她揽进我的怀里。只是我发现，她要的温暖我根本给不了，她的泪水浸湿了我的胸口。

穆清说自己是一个离了男人活不下去的女人，她已经记不清楚我是她的第几个男人了。她一边哭，一边继续讲故事，那个故事好长，她讲了整整一夜。

我从来不知道黑夜竟然可以那么长，长到好像白天永远都不会到来一样……

穆清六岁那年，她的弟弟来到了这个世界，同时夺走了属于她的一切。她被送到了奶奶家里，从此之后，穆清就成了有父母的孤儿。

那时候她不知道为什么会这样，她把所有的错都归咎于弟弟。她眼睛里的恨，让她的父母更加不敢让她回家。穆清跟着奶奶过了很多年，她一遍又一遍地问奶奶为什么爸爸妈妈不要她了。奶奶总是会把她抱在怀里，一边掉眼泪，一边说可怜的孩子。

直到她十岁那年，奶奶在去世前，才说出了她的真实身世。穆清是一个被遗弃的孩子。寒冬腊月，她被扔在村里的卫生所门口，被医生捡回了家。那时候，她的养父母因为无法生养，就决定领养一个孩子，于是她成了他们的孩子。按理说，她的苦难应该从此就结束了。谁知道在她五岁的时候，养母突然怀孕，而后弟弟出生。她这个领养来的孩子，就成了多余的。从前的喜爱从此只剩下嫌弃。

于是穆清被送到了奶奶家。小时候，她最渴望的就是父母能够像抱弟弟那样再抱抱自己，只是这从来都是奢望。奶奶去世之后，她再次回到那个家里，因为知道了自己的身世，所以她学会了接受，用几近谄媚的姿态讨好着父母，上高中后，她离开了家。

穆清从那时候就开始交男朋友，第一个男朋友是她的老师。那天下课之后，穆清被叫进了办公室，他跟她说："放学之后来我家吃饭。"她就去了。老师的家很干净，穆清去的时候，他已经做好了一桌丰盛的饭菜。老师招呼她进去陪他吃饭。他坐在她的对面，炙热的目光落在了她身上。从不被关注的小穆清，因为老师的举动而备受感动。

那天老师把她拥入怀抱，手在她的身体上上下游走。她没有挣扎，而是很顺从地接受了。这不就是她从小渴望得到的爱？如今这般轻易就得到了，于是上了瘾。

讲到这里穆清停了下来，然后问我：“你是不是觉得我很脏？可是我戒不了了。”她把胳膊从被子里抽出来给我看，在她的手腕上布满了疤痕。“你看，一个人连死都那么不容易。我只想要一个真心爱我的人。可是你知道吗，没有人愿意爱我。你呢？你爱我吗？”

我俯下身亲吻着穆清的脸。我爱她吗？我不知道。我紧紧地抱着她，想把这些年她缺失的那些爱都给她。可是到后来我发现，我也不过是这世间罪恶的一分子，用她的身体来满足自己的欲望。一想到这里，我突然就泄气了，什么也做不了了。我的泪水顺着脸颊流进了她的头发，渗进了她的身体。她的悲伤和我的悲伤合而为一。

或许她明白我们之间没有爱，或许她不相信爱，才会在我离开之后，只给我发了一句再见。

离开的那天她跟我说：“我们不合适。我们都是缺爱的人，我们在一起没有未来。”于是我们做回了朋友。我的第一次恋爱刚刚开始，就这样猝不及防地结束了。

我看着她，伸手再次把她揽在怀里说：“你知道我杀过人，你不害怕？”

她说："你能杀了我才好，我会感激你的。"

我们果然不合适。她也是一个对生活没有期待的人，我们都活在黑暗中，我们在一起只会互相厮杀，不会有好的结果的。

一想起她的故事，又想起躺在草丛的那具无名女尸，我的心像是被什么猛戳了一下，痛到痉挛。何生过来扶起我，焦急地问道："哥，你怎么了？"我站起来，从黑暗中醒来，看见阳光从天空中洒下来，现在分明是白天。

我和何生上了一辆公交车，向县城而去。在路上，何生一直安静地坐在我身边，我看着何生总觉得很陌生。我一点都不了解她，离开她的这些年，我不知道她都经历了什么，过着怎样的生活。

何生看见我看她，又关切地问道："哥，你是身体不舒服吗？"

那样子可爱极了。我伸出手摸了摸她的头说："小妹，你真的长大了，和小时候一点都不一样了。"

何生说："哥，从你走了以后，我就长大了。"

何生、穆清，她们冲进我的生命里，让我这灰暗的人生有了一丝生机。我已经分不清楚我们之间到底是谁在拯救谁，谁又是谁的希望。

第十一章　再见

县城比起村子热闹了许多，像极了那年我去的广东的那座城市。十年，家乡发生了很大的变化，城市、村庄，连同这里的人都变得不一样了。我像是一个生活在荒岛的野人不小心闯进了现代化的城市，有诸多不适应。

上了车，我坐在座位上不停地刷着手机，看到一则最新消息：女尸疑似隔壁村子的一个支教老师。新闻只有几十个字和一张模糊不清的照片，我在照片里再次看见了那个发卡。我想起穆清跟我说的那句："你能杀了我才好，我会感激你的。"我再也控制不住自己的情绪了，瞬间泪如雨下。

何生把我的手握紧，安静地坐在我的旁边。她的平静给了我无尽的尊严，可能这世上只有她才会任我如此放肆地哭泣，只有她才懂我的脆弱。

我们到昆明的时候，已经是一天之后了。这座城市没有一丝冬天的感觉，棉衣穿在我们身上，看起来十分滑稽。

何生说："早就听说昆明四季如春。没有想到真的有这样的地方。”

是啊！竟然有这样的地方，永远都是春天。微风吹在脸上暖暖的，我们把棉衣脱下来拿在手里，开始寻找旅馆。我走在前面，何生走在后面，我们就这样一前一后地走在这座只有春天的城市的街头。

我们走了大概有二十分钟，看见一个叫大众旅社的地方。那天晚上，我们就住在那里。和所有廉价的旅社一样，这里房间的床上铺着有些发黄的被褥，空气里散发着霉味，厕所的马桶里满是污渍。房间的空间很小，只有一张床、一张破旧的桌子，没有窗户。何生坐在床边，我躺在床上。

我们要了两间房，只是何生一直待在我的房子里，很晚才回去。

那是我第一次问起她，我离开之后她的生活。故事里、电视里，同父异母的兄弟姐妹总是水火不容，而我和何生却是个例外。我在外面的那一年，就想好好挣钱，让我这个妹妹过上好日子，将来体体面面地出嫁，希望她有一个好的未来。可是如今我什么也给不了她。

在牢里的那些年，我无数次想放弃，最后是靠着她写给我的信才坚持下来的。是她让我知道，这个世界上还有人在意我，是她让我明白我并不是孤苦无依，我还有她。

她的信里从未提过她过得好不好，都是讲一些无关紧要的事情。她又考了第一名，上高中了，上大学了，离开家了，去大城市了。

每晚我躺在床上，期待着再次见到她，才挨过了那艰难的岁月。我并不甘心，不甘心自己只能拥有这样的人生。

可是不甘又怎样？我什么也改变不了。好像只要认识我的人，都会变得不幸。就连只和我见过一面的云衣最后都失踪了，和我只相处过很短时间的穆清如今生死不明。

我越来越觉得，或许大家说得很对，我就是一个不祥之人，凡是接近我的人都会遭遇厄运。直到后来，我遇见了那个成为我妻子的女孩，我才知道，人的命运，并不是由老天安排的，而是由自己主宰的。

我终于问出了那一句："你这些年过得好吗？"

此时何生正坐在床边喝水。她的动作很轻柔，端着热水，雾气缓缓升起。我听见她说："哥，无所谓好不好。我能离开那个家，就觉得一切都很好。"

"那你这么多年，为什么一直不回家？"

"我一回家，就会想起你。一想起你，我就会恨那个家，恨那里的每个人。被恨淹没的时候，我就找不到自己了。所以我宁愿待在外面，一个人孤独地漂着。我一直在等你出来，我知道你会出来的，我们会像现在这样坐在一起说话。"

她说话的时候很平静，小时候那个倔强的小女孩不见了，现在在我面前的是一个如此平和的女人。我一直感受不到她的情绪。她像尊菩萨，没有悲、没有喜，就那样心怀怜悯地看着世间的一切，安静地陪着我。

“哥，我对不起你。”

“你没有对不起我，你没有错。错的是那群人，错的是这命运。我们什么错也没有。”

“哥，我会一直陪着你，若是没有你了，就没有我了。”

她一边说，一边看着我笑。那是我第一次认真地看长大之后的何生：细长的眼睛，塌鼻梁，薄唇，脸很小。她既不像何正强，也不像柳百合。她像谁？说不清楚。我盯着她的脸看，看着看着，在她的脸上看到了自己，她的脸和我的脸重合，我们的人生也好像因此变得不可分割。我终于想起来她像谁了，她像我这个和她有一半血缘的哥哥。

“明天我们要去哪里？我们还找吗？”

“何生，你说，若是她真的死了，我找到她又能怎么样？”

“哥，我们无法改变生死，你是知道的，不是吗？”

“那我们能改变什么？”

“改变未来。”

何生说我们可以改变未来，这是我第一次听到她讲这样一句积极向上的话。她接着说：“哥，你知道我为什么活着吗？你知道是什么支撑着我活着吗？其实我就是想看看这生活到底有多苦。我从来都不相信生活是这样的，我想去创造我想要的生活，这就是我坚持活着的理由。”

何生的这些话，我从来没有想到过。我一直问自己为什么我的人生是这样？我无数次地抱怨生活，却从来没有想过要改变它。就在上一分钟，我还固执地认为我的不幸、身边人的不幸，都是因为我是一个不祥之人，多么可笑！

何生说这些话的时候，我又看到了小时候她打架回来时那倔强的样子。原来无论她怎么变，她都没有认过命，她比我勇敢，比我坚强。

我给穆清发了很多微信消息，都石沉大海了。我和何生一直住在昆明，因为我并不知道穆清在哪里。网上那条新闻后来再也没有后续，无论我怎样刷新都没有看到一星半点消息。这件事像是从来没有发生过一样。关于穆清的死，好像只是我幻想出来的事情。

我们身上的钱越来越少，如果还不回家，可能就要流落街头了。就在我和何生准备回去的那天早晨，我接到了穆清的电话。

那具无名女尸不是穆清，只是一个恰巧和她别着一样发卡的女人。听说我们跑到云南来找她，她显得很惊讶。在下午的时候我们再次见到了穆清。她看起来黑了不少，大大咧咧的，咧着嘴对我们笑。我怎么也不能把她和那天夜里的穆清联系起来，她们好像不是一个人，有不一样的性格、不一样的长相。

那天晚上穆清住在我的房间，我们像第一次见面的那个晚上一样，一边讲故事，一边做爱。她说："我找到了亲生父母，可是我却更加痛苦了。"

我紧紧地抱着她，我知道她此刻并不想听我说什么，只是想要诉说而已。她又变回了黑夜里的那个穆清。

"何光，要是你，你会原谅他们吗？"

"我不知道。"

"何光，你爱我吗？"

这个女人趴在我的怀里，一遍又一遍地问我是否爱她。而我却很残忍，始终没有说出那句我很爱你。因为我还不知道何为爱。

穆清说："你的心果然比石头还硬，你连欺骗我都不会吗？"我抱着她，轻声在她的耳边说："我们不应该奢求别人爱我们，我们应该学会爱自己。你要爱你自己，穆清。"

她在痛苦与欲望中呻吟，在那一刻，我们都得到了短暂的快乐。我没有追问她为什么不回信息、为什么关机的事情。我知道每个人做任何事都有自己的理由。只要她还活着，就够了。

早晨离开的时候，她问我："何光，你想娶我吗？"

我的心突然动了一下，很想告诉她："我想娶你，想永远和你在一起。”

只是这句话还未说出口，耳边就响起了她的笑声，她又变成了另一副样子：“走吧！我送你们去车站。”

我推开门，看见何生就站在门口。她还是一副面无表情的样子，看见穆清点了点头。

去车站的路上，穆清就走在我们前面，一边走，一边跟我们介绍着这座城市。她那活力四射的样子，是我所羡慕的。我很想跟她说：“你不必如此辛苦地伪装。”

后来我在穆清的书中看到这样的一段话：人在白天是活给别人看的，只有黑夜属于自己。无论你多么落魄、多么糟糕，都不要暴露给别人，因为那将是别人攻击你的武器。这就是人性。

我才理解了她为何会有两副面孔。

第十二章　双生

看到穆清好好地活在这个世界上，我心里的悲伤逐渐消散。只是那具女尸却长在了我的心里，后来她曾无数次出现在我的梦里，挥之不去。在梦里她就是穆清，穆清真的死了。关于穆清消失的那段日子到底发生了什么，我没有再问，穆清也没有再说。我和何生离开了这座只有春天的城市，乘着火车向家而去。

在回去的路上，何生跟我说："若是人生只有春天就好了，那样每个人都会很幸福。"我接不上她的话，她总是突然冒出来很多我听不懂的话。不过细想起来，她说的每一句都是至理名言。

从云南回来之后，我和穆清很长一段时间都没有再联系。我还是会想她，不过我已经清楚地知道我们之间再无可能，我们不可能结合，她也不会是我的妻子。

人和人之间的关系就是这样，不是光有感情就够了，还有很多外在因素影响着两个人的选择。

回到家的第三天，何生又走了，她要去上班了。

她走的那天跟我说：“哥，每个人都有自己的不得已，你要学会释怀，放过别人亦是放过自己。”

我知道她说的是我和我的生母李淑芬的关系。可是我要怎么原谅一个把我带到这个世界，又抛弃我的女人？

“我没法原谅她。”

“你试试，哥。你可以的。你是这个世界上最善良的人，你应该得到幸福。”

“我做不到。你知道的，我并不是一个善良的人。”

“你是的，没有比你更善良的男人了，你连我这样的女人都愿意怜悯。”

“我并不是怜悯你，你是我的希望。没有你，我可能早死了。”

她不再劝我。这时何正强和柳百合从屋子里走了出来。我看见何生拥抱了他们，她的眼睛里再次升起雾气。

我听见她跟柳百合说：“妈，以后换我保护你。”

柳百合哭了，她那冷漠的脸变得柔和起来。何正强倒是站在一旁没说什么，只是那神情中有一丝欣慰。

我一直不知道何正强和柳百合之间有没有爱情。不过他们从不吵架，总是忙忙碌碌地做事。闲下来的时候，两个人也没有多余的话，一个看电视，一个做针线活，很和谐。不知道何正强和李淑芬在一起的时候，过着什么样的生活，我的记忆里没有一点关于他们的事情。

何生走了，陈埃用自己的车子跟我一起把何生送到车站。回来的时候，陈埃跟我说：“何光，我好像做了一件错事，我爱上了一个不该爱的女人。”

我看着陈埃痛苦的样子，决定陪他去喝酒。回到家里这段时间，全靠他照顾着我，若是没有他拉我一把，我不知道自己现在是什么样子。

陈埃一边喝酒，一边跟我说：“何光，人可不可以没有痛苦地过一生？如果有一天你爱的人背叛了你，你会怎样？如果你最好的朋友背叛了你，你会怎样？”他说得前言不搭后语，我并不知道他在说什么，只能安静地陪在他身边。让我没有想到的是，这时的他已经对我恨之入骨。

每个人都有自己的痛苦，每个人都有自己要渡的劫。我想起了黎忆，每一次我去他们家里，她都热情至极，从来没有因为我的过去而疏远我。她安静而温柔，温柔地抱着孩子，安静地待在陈埃的身边。我一直觉得她应该很爱这个男人，才会如此温柔贤惠，以至于对他的朋友也如此客气。只是没有想到这后面竟然有那样一个荒唐的原因。

陈埃喝了很多酒，跟我讲了一个很长的故事。只是当时的我没有听懂这个隐晦故事背后的意思，若是我当时懂了，可能就不会有后来的悲剧。

我把陈埃拖回了他的家。黎忆看见喝得醉醺醺的陈埃，眼里满是无奈。她有些不好意思地跟我说："给你添麻烦了。"然后温柔地扶起丈夫，向卧室走去。我看着这对夫妻，忽然不那么期待婚姻了。

那天晚上，我打电话给穆清。她那边听起来很热闹，嘈杂的声音淹没了她的声音，她喂了几声就挂了电话，再也没有打过来。我躺在床上无法入睡，失眠的问题困扰了我很多年。

我开始思考未来，我要怎样活着？活成什么样子？

当我发现我仍然对生活充满希望的时候，觉得很可笑。可笑归可笑，我还是认真地思考了这个问题。我把我能做的事情全部想了一遍，还是没有找到答案。

我想起了何生在云南的时候，跟我说的那句话，"我不相信我的人生只有困难，我不信。"

我不知道这句话她是说给自己的，还是说给我的。不过这句话后来支撑我度过了无数个难挨的日子。

陈埃的故事并没有结束，他那段隐秘的感情最终还是暴露在了阳光之下。很快整个村子里的人都知道了，当然，黎忆也知道了。

我再次踏进陈埃的家，是黎忆要离婚的那一天。在他们家里，我看见了陈埃的孩子，那个可爱的、总是对世界充满好奇的、拥有幸福家庭的孩子，此刻他的小脸上挂着泪珠。陈埃跪在黎忆的面前，我看见他伸出手结结实实地扇在了自己的脸上。黎忆哭了，她的眼睛里没有了温柔，没有了光芒，只剩下漠然。

我走过去抱起孩子，把黎忆拉出了房子，跟她讲了一个故事，一个没有妈的孩子悲惨的故事。

后来黎忆原谅了陈埃，他们的日子回到了从前——不对，是看似回到了从前。而我再也不敢去陈埃家里了，我害怕看到黎忆，害怕看到她那双绝望的眼睛。

这件事过去不久，我决定离开陈埃自己干点什么。不知道为什么，我不愿意看见陈埃，看见他的时候，我总是会莫名地难过。

没有想到我的这个举动，最终害了他们。看到他们的孩子，我仿佛看到了自己。若是他失去了母亲，以后会拥有什么样的生活呢？当一切都尘埃落定时，我依然不知道，我当年是做错了还是做对了。

我还记得我把陈埃从死神手里夺回来的那天。那天下着倾盆大雨，我在山上割草，回家的路上看见了掉在河里的陈埃。我跳进河里把他拉了上来。那一年我十二岁，陈埃十岁。小时候，没有人跟我玩，我常常一个人在那条河里玩，慢慢地学会了游泳。我喜欢把自己藏在水里，享受那濒临死亡的感觉。只是没有想到，我因为学会了游泳，还救了一个人。

陈埃从那天起成了我的朋友——我在这个村子里唯一的朋友。虽然在此之前他和其他小伙伴一样，总是嘲笑我是个没妈的人，但是我将他从死神那里拖回来的事情还是感动了他。面对他的各种示好，我选择了原谅他。陈埃的父亲是村子的赤脚医生，家里条件不错，他口袋里总是有各种各样的好吃的。在吃食面前，我选择了妥协。

他不喜欢读书，总是想办法逃学。他的父母总是想各种办法阻止他跟我来往，即使知道了我曾救过他们的孩子，他们依然阻止陈埃跟我一起玩。在他们眼里，陈埃所有不好的习惯都是被我传染的。

这一切在我记忆里原本已经很模糊了，只是这次的事情，让它们再次如此清晰地出现在我的脑海之中。

何正强托人给我找了一份工作，去镇上给一家快递公司帮忙。于是我离开了村子，租了一个小房子住到了镇上，很少再回村里去。

从那天起，陈埃再也没有来找过我，我们心照不宣地分道扬镳了。我不知道怎样跟他相处，也不知道怎样面对黎忆，只能选择一个最懦弱的方法——躲起来。那时候，我还不知道黎忆喜欢我这件事。

关于陈埃的一切，就那样淡出了我的生活。

第十三章　舆论

从监狱出来半年了，我慢慢适应了外面的生活。那十年的监狱生活逐渐变得模糊，我开始了新的人生。

沉睡了一个冬天之后，这荒凉的地方逐渐苏醒，带着无尽的希望。我每天早晨七点起床，八点上班，干到晚上十点下班。日子重复着，生活倒也安逸。我像正常人一样活在这个世界上，越来越多的人忘记了我曾经是一个劳改犯，偶尔还有女人因为我帅气的脸而频繁示爱。这些女人，大多是镇子上的留守妇女，她们的丈夫长期在外打工，孩子无人看管，女人只能留下来照顾孩子和老人。她们的生活比我还无聊，内心比我还空虚。

只是一想到陈埃，一想到黎忆，一想到那样相爱的两个人最后也会背叛和互相伤害，我就什么欲望也没有了。那些女人并不甘心，总是能想办法得到我的微信，然后在深夜给我发很长很长表达爱意的消息。我不知道怎样回复她们，只能选择无视或者拉黑。

然而，这无情的举动，给我带来了很大的麻烦。就在生活走上正轨不久，关于我过去的故事重新出现在镇子里。流言愈演愈烈，很多人看见我的时候都会绕着走，好像我随时会掏出刀子和他们厮杀一样。

倒是这家快递公司的老板很镇定，她跟我说："光子，你干你的，别管别人说什么。谁一生不犯错。改了就是好孩子。镇子上这群女人是闲得无聊，你不要管。姐这店开一天，你就在这儿干一天。"

快递公司老板这番话给我吃了定心丸，让我知道了我不会失业。比起流言，失业会更让我难受。我一个三十岁的小伙子，没有工作，那将是多么可怕的一件事。不管怎样，我总得找点事情做，无论我做的事情是否有价值，忙碌会让我忘记很多事。

何生打过很多次电话，邀请我去上海。她说能在上海帮我找到合适的工作。只是那种大城市，我再也不想去了，我已经没有勇气踏出那一步，我对外面的世界充满了恐惧。

再后来，有女人发消息给我，我就和她们聊上一会。我逐渐成了这群女人吐露心事的树洞，她们每个人都有各自的痛苦。我从不去安慰她们，当她们向我倾诉痛苦的时候，我就静静地听着。不久，镇子上流言又变了内容，由以前的诋毁，变成了那娃虽然是从牢里出来的，但是你看现在多能干！长得好看，人又勤快，是个好娃。

有了这些生活调剂，我的日子变得有趣起来。有时在夜里，她们跟我聊天的时候，会试探性地发一些约见面的话。我就会装作很为难的样子，苦口婆心地跟她们说："我虽然很爱你，但是我不能破坏你的家庭，这样是不道德的。"因为我的"正直"，她们对我更好了，常常有人悄悄给我买各种各样的好吃的，假装寄快递的时候拿给我。

不过我根本不知道她们谁是谁，对我来说，这只是一场游戏。在这场游戏里，压根就没有真的感情存在。

何正强还是坚持见人就嘱托他们给我找对象，后来我见过几个，都不太合适。大多数姑娘虽然爱慕我的容颜，但是没有一个姑娘愿意跟一个杀过人的男人过日子。见的那些姑娘也是千奇百怪的，有天生残疾的，有年过四十已经结过三次婚的，还有带着三个孩子的。总之好像我只配得上这样的女子，即便如此，也没有一个愿意和我结婚的。

我开始疯狂地思念穆清，不知道她在哪里。后来我又频繁地在网络上看到她的名字，她的新书出版了，她被评为最具潜力的九〇后女作家。

穆清的名气越大，我越不敢联系她。

就是在这时，我再次遇见了她——那个给我理发的小姑娘。她站在快递店门口，小声地说："我来拿快递，名字是楚阳。”

我抬起头看见了她，总觉得在哪里见过。楚阳看见我，先是脸一红，随即便低下了头。之后，每隔两天我就能看见她来我店里拿快递。她每次都是站在门口，小声地说：“楚阳。取快递。”

那时我们之间并没有发生任何故事，就像两个陌生人一样。只是她的快递变得越来越多，以前是两天来拿一次，后来是一天来拿好几次。她出现在我眼前的次数多了，我便记住了她。

我突然想起，我们曾经见过，那天何生跟我说：“哥，那个女孩可能想给我当嫂子。”

想着想着，我竟真起了这样的念头。她长得圆乎乎的，眼睛是圆的，脸是圆的，嘴巴也是圆嘟嘟的，看起来很可爱。她个子不高，留着黑色的长直发，总是一副羞答答的样子，看起来很惹人怜，很适合做妻子。

不过我还是会想起穆清。新闻里的她比以前成熟了不少，她依然是一副笑眯眯的样子。有一段时间，我很想去找她。哪怕再和她在一起待一个晚上，我觉得也是值得的。不过她越来越耀眼，我还是如此平常，我拿什么给她未来？一想到这些，我就迅速失去了所有的斗志。

没有想到的是，在一个夏天的早晨，我收到了她的微信。

她说："何光，我要结婚了。"

她说："他是个诗人。"

我说："祝福你，穆清。"

她说："你爱过我吗？"

我说："没有。"

然后她没有再回复我。我静静地盯着那句"没有"，哭了。哭到我仿佛看见手机满屏都写着"懦弱"二字。再仔细看，只有那句"没有"戳在那里看着我，像是在嘲讽着我的无情，又像是嘲讽我是一个懦弱的男人。

第二天，我在朋友圈里看到了穆清的结婚照。那个男人配得上她，诗人的气质和我这个犯人的气质是完全不一样的。她值得拥有这样的男人，也应该由这样的男人去爱她，而不是我这样的男人。

我意识到我彻底失去了她，我开始后悔自始至终都没有告诉她我爱上了她。

我打电话给何生，告诉她穆清结婚了。何生说："我知道。"

我说："我很难过，我好像失去了她。"

何生说："哥，她不适合你，这样的结果最好。"

何生依然是那样清醒而冷漠。我挂了何生的电话，一个人躺在床上看着天花板。黑夜吞噬了我，我感觉到穆清就趴在我怀里，她一直在问我："何光，你爱我吗？"我的嘴巴里脱口而出："我爱你，我很爱你，我从来没有这样爱过一个女人。"那声音在黑夜里显得出奇地诡异。可她已经成了别人的女人。

这样残酷的事实，让我明白了一个真相：我是一个不容易得到爱的男人。

想到这里，我突然没有那么难过了。原本我就是一无所有的人，何必为那些本就不属于我的人而悲伤呢？

我不受控制地笑了起来，笑声越来越大，充斥着在整个房间里回落。

天逐渐亮了，新的一天又开始了。昨日种种，都成了过去。我不能认输，何生说得对，来这世上一趟不容易，不能就这样认命。

于是我从床上爬起来，洗了头发，刮了胡子，穿戴整齐地走出了房间。阳光洒在我的脸上，我像是重生了一样。

第十四章　苟活

我和穆清的故事就这样结束了，像一场梦。梦醒之后，一切如幻影一般消失了。我还是会想起我们在一起的日子。在每一个失眠的夜晚，我都会把那段日子从记忆里拎出来，像看电影一样反复观赏。电影落幕之后，留给我的只有落寞。我坐在黑夜里等天明，甚至失去了和那群女人调情的兴致。慢慢的，那些女人也淡出了我的生活。

刚好起来的日子，又变得异常难熬。我时常会想起小时候和何生在一起的日子，一样难熬，不过却带着希望。那时候，我们觉得长大之后一切都会好的。

我隐藏在黑夜里，任由自己堕落。我已经不再思考人生的意义，如同行尸走肉一样活着。我刻意不去关注穆清，刻意屏蔽掉关于她的一切。偶尔进入梦乡，我总是能梦见她一遍又一遍地问我，你爱我吗？我只是冷漠地看着她，从来没有给过她回应。

往往醒来的时候，我已泪流满面。就连在梦里，我都是那样的懦弱。

失去穆清之后，一切又回到了从前。我需要重新找到继续活下去的意义，不然我可能会疯掉，变成云衣那样的人。我常在失意时想到何生，她总是那样坚强。我连一个弱女子都不如，这使我很有挫败感。我不愿我的人生只能是这样，可是我找不到方向，像一叶孤舟一样漂浮在大海上，只有无尽的孤独。

我决定做点什么。于是我在楚阳的快递上抄下了她的电话号码。晚上回到那个小房子，我拿出手机，打开微信输入了那串电话号码，然后点击搜索。出来了一个小女孩的头像，是个卡通人物，和楚阳一样，圆乎乎的。她甚至没有网名，直接写着楚阳。我鼓起勇气点击了添加，但过了很久那边都没有回应。这使我更加失意，我像是被全世界遗弃的孤魂，找不到落脚的地方，只能到处飘荡着。

我像得了抑郁症，很沮丧地躺在床上想就这么死去。突然手机响起，我从床上坐起来，把手机拿了过来。是一个陌生的电话，电话那头是一个陌生的声音。他跟我说："你是何光吗？"

我说："我是。"

他说："你妈想见你。"

我说："哪有想见我的妈妈？我没有妈。"

那边听见我这样说，深深地叹了一口气，接着说：“我是你舅舅、李淑芬的哥哥。她要死了，希望在临死之前见你一面。”

我说：“你告诉她，我也要死了，先不用见了，我们一会到下面见。”

说完我便挂了电话。就在挂电话的间隙，我看见了楚阳同意添加为好友的信息。

大概过了一分钟，那个陌生的电话再次打了过来。电话里出现了一个女人的声音。她听起来连说话的力气都没有了。我听出来了，那是李淑芬的声音。我拿着手机像是一尊雕像一样呆在了原地，听见她说：“孩子，妈妈对不起你，是妈妈的错，你不敢做傻事。你不想见就不见吧！”那是一种近乎哀求的语气，让我的心一直在下沉，然后整个身体都变得沉甸甸的，无法动弹。

我就那样静静地听着一个临死之人的哀求，她在等待着我的原谅，以求得安心。可是我冷酷地沉默着。电话里的声音越来越小，然后被挂断，传来嘟嘟嘟的声音，我听见电话里最后的声音是：“准备抢救”。

我愣在原地，眼泪不受控制地顺着眼角漫延，先是一滴一滴的，后来变成一串一串的，再后来直接奔涌而出。黑夜淹没了我的哭声，也淹没了我的悲伤。这时，房门突兀地响了起来，我看见了站在门外的何正强和柳百合。

他们看着我，我看着他们，面面相觑，空气里透着一股尴尬的气氛。何正强走进房子，看着我两眼无神的样子，他蹲了下来，捂着脸哭了起来。这个小房子充斥着哭泣声，处处透露着绝望。

柳百合那张冷漠的脸，始终没有任何表情。我看见她走到何正强面前，把他扶了起来。

何正强看起来更老了，头发都白了，脸上还带着泪。那是我平生第一次看见他哭，看见他那样痛苦，我内心竟然有种莫名的快感。

那天晚上他一句话也没有说，也没有离开，就那样坐在我的床尾，柳百合陪着他坐了一个晚上。

在那两个人的注视下，我竟然沉沉地睡去了。已经多久了，我都没有好好睡过一觉。我做了一个长长的梦，在梦里，我还是个孩子，何正强和李淑芬就坐在我的床头，他们笑着给我唱催眠曲。那个画面直到李淑芬去世之后，还清晰地印在我的脑海里，让我以为我曾经拥有过那样的幸福。

天亮之后，那两个老人还是瞪着眼睛看着我，像是怕我真的来一次死亡之旅一样。而我真正的重生可能就是从这一天开始的，他们的痛苦和哀求，他们的恐惧和悲伤，成了我活着的意义。

我跟何正强说："你们回去吧！我不会死的。我要去看看李淑芬，她要死了。”

何正强的悲伤显露了出来，这种悲伤应该藏在他身体里许久许久了，只要有人提到那个名字，他的那种悲伤就会出现在他的脸上。

他们回去了，我乘着车子前往李淑芬住院的医院。

至于我为什么改变主意，可能就是因为那个梦。

我决定去看那个抛弃我的女人。这一切看起来都那么滑稽可笑，可是它却真真切切地发生了。

我握着手机良久，还是拨出了那个电话。电话那头的那个男人，显然已经很疲惫了。听见我的声音，他强打起精神：“是你吗，光子？你妈妈没事了。你来看看她吧！我知道她在等你。”

我说：“好。”

那边几乎声音哽咽地说了一句：“谢谢你！孩子，我现在就叫车去接你。”

挂了电话，我给女老板打了电话，说：“我要去外地，有个事情要办。”

她爽快地答应了，还嘱咐了我一句：“好好陪陪你妈妈。”

后来我才知道我们老板和李淑芬之间的关系。而我从老板的嘴里知道了关于李淑芬和何正强的过去，只是那时候李淑芬已经离开了我。若是我早知道她曾经历过的那一切苦难，我可能会在她人生最后的日子里陪在她身边。唯一值得庆幸的是，我那天决定去见她。

早晨十点的时候，一辆黑色轿车停在我的门口。从车上下来一个年轻的小伙，他说：“我是李鹏飞，我爸让我来接你。”

我坐上了他的车，向医院而去。

在路上何生打电话给我：“哥，你在哪里？”

我说：“我有事出趟门。”

她说：“嗯，你该去看看她。我回来了，我在家里等你回来。”

原来所有人都知道我痛苦绝望的状态。何生不放心我，特意从上海赶了回来，这让我十分内疚。不过也正是他们的爱，让我打消了自杀的念头，决心活出个人样。

在我快到医院的时候，楚阳发了一条微信给我：“你今天怎么不在？”

“你怎么知道是我？”

“我知道是你，也很开心是你。”

“我有事，出门了。”

她嗯了一声，再没有说什么。

医院终于到了，来接我的除了一个男人，还有一位慈眉善目的老太太。老太太一见我，就亲切地拉起我的手说：“孩子，你来了？一转眼你都长这么大了，上一次见的时候你才刚会说话。”她一边抹着眼泪，一边拉着我朝里走。

我们一行人进了医院大厅，乘着电梯到了四楼，进了一间病房。我见到了李淑芬，她瘦得像一具干尸，眼睛深陷，已经看不出原来的样子。嘴上戴着氧气罩，只是半睁着眼睛就好像已经用尽了全身的力气。

她嘴巴一张一合地说着什么。舅舅推了我一把，我朝前迈了一步，跪在了李淑芬的床前。她的手不停地晃动着，我把我的手放进她的手心里，我看见她脸上浮现出一丝笑意，在那张瘦得脱相的脸上显得违和极了。她嗯嗯啊啊说了半天，我一句也没有听懂。

老太太走了过来，摸了摸我的头说：“孩子，你喊她一声妈妈吧！让她去吧！算老太太求你了！”

我的嘴像是被什么粘住了一样，怎么张都张不开，怎么也没法从喉咙发出声音。她那半睁的眼，渐渐地闭上了，手无力地垂了下去。

李淑芬走了，我真的没有妈妈了。在她临死之前，我愣是没有喊出那句妈妈，我不知道这是在惩罚她还是在惩罚我。

第十五章　缘起

李淑芬死了。以前我至少还有一个名义上的母亲，如今我真的彻底没有了妈。我跟着舅舅带着李淑芬回了家。准确地讲，她是没有家的，是我们回到舅舅家里。她生前一直住在广东，没有结婚，很少回来，我是她唯一的孩子。我不知道她一个人孤苦无依这么多年是怎么过来的。如今她躺在那里，一句话也没有。我内心一夜之间长满了杂草，很不是滋味。

死亡是不是人生的终点？人死之后，她生前所犯的错就跟着消散了吗？原本我应该原谅一个死人，可是如今她不管不顾地离开了我，那些报复她的事情我还没有做，她就不在了。她永远是那样狠心，到底也没有给我一个做孩子的机会，哪怕是做坏孩子。

生前我没有好好做她的儿子，她死后我却给她做了一回孝子。她下葬的那天早晨，天像是漏了一样下着倾盆大雨。她的墓穴里灌满了水，无法下葬。众人找来小卖部的一把大伞，遮在她的墓穴上面。来送她的人不多，都成了落鸡汤，衣服全都湿透了，雨顺着头发不断地流下来，人在地里寸步难行。墓穴的积水十来个人清理了很久，也没有完全清理干净。

舅舅说算了，就这样下葬吧！再这样下去会误了时辰。我不知怎么了，突然跳进了墓穴，拦住了正要落下的棺木，开始清理积水。热泪滴落在雨水中，激起了涟漪。

要落下的棺木又被重新放在了原地，有人小声地哭泣，越来越多的人重新跳下了墓穴。墓穴里的水越来越少。李淑芬这一生，匆匆来，又匆匆离开，只留了一个我在这个世界上。

从坟地回家的路上，天突然晴了，太阳从云层里爬了出来。我的腿上满是淤泥，衣服湿透了。那淤泥和水就那样长在了我的身体里，无论是白天黑夜，我总是觉得身体黏糊糊的，有一种潮湿的感觉。

回到舅舅家的时候，我看见了站在门口的老太太。前两天她看起来还精神抖擞的，如今似一夜之间就萎靡不振了。看见我的时候，她眼睛里出现了一闪而过的光。她拉着我的手一直重复地喊着好孩子、好孩子。白发人送黑发人，李淑芬对我，对她的亲人，对每一个爱着她的人，都是如此狠心。

离开的时候，老太太一直拉着我的手问："你何时再来看我？"

我说："有时间就来。"因为李淑芬，老太太和我成了同样孤独的人。

在车站的时候，老太太把一张银行卡递到我的手里，悄声说："这是她留给你，让你娶媳妇用的。你别怪她，她这一生太苦了。"

我本不想要，只是看见老太太那期待的眼神，心就软了下来，把那张银行卡收进了背包。她说："孩子，密码是你生日，一九八六年六月六日。"

六月六日，我在心里重复着这个日期。何正强告诉我，我的生日是十二月二日。原来我这些年，连生日都不是自己的。

我向她道别："外婆我走了，你回去吧！"然后我进了车站，上了车，看见老太太还站在车站外向车上张望着。她的脸突然变成了李淑芬的脸，正温柔地看着我，而我在那一刻似乎变成了一个有妈妈的孩子。

我回到镇上的房子的时候，何生还在。更神奇的是她和楚阳在一起，两个人坐在我的床上吃着苹果，好像还聊着什么。不知道她们是怎么认识的，又如何在短时间内如此熟悉的。不过此刻我完全没有心情关心这些，只觉得很累，爬上床就那样呆呆地躺着，身体像是被抽走了魂魄，没有一点生气。

李淑芬死了之后很久，我一直梦见她跟我说："儿子，我被水淹没了，无法呼吸。"醒来之后，才发现那只是梦，她已经不在了。梦里，她还是一个小姑娘的样子，很美，美得妖艳，我从来没有见过那样的她。不对，我在外婆的相册里看见过她那个样子。她怀里抱着我，那时候我很小，大概是六个月的样子。她笑着，那笑容能融化一座冰山。我把那张照片放进了自己的钱包里，假装我曾经也是一个有母亲疼爱的孩子。

何生在家待了很久。我问她回来干什么，她说自己累了，想回来歇歇。还说她刚好准备换工作，索性就辞了原来的工作，这样就可以肆意地休假，等休息好了，再回去上班。

其实我心里知道，她回来就是怕我自杀。不过这沉甸甸的爱让我不敢再生出轻生的念头。何生总是和楚阳混在一起，我不知道她这个不善交际的人，怎么就会愿意和那样一个小丫头整日混在一起。

楚阳开始频繁地来找我，每次来的时候，她都说自己来找何生。很快何生就会闻风而来，于是她们都顺理成章地待在我的房子里。

这样的生活持续了一段时间，何生终于说出了自己的目的。那天，我刚下班就看见她等在我的房子门口，我刚打开门她便跟了进来，然后问我："哥，你觉得楚阳如何？"我说："挺好的。"她一边关窗了，一边看着我轻声地问："那让她做我嫂子，你觉得怎么样？"

"我没心情。"

"哥，人总要活下去。你不能太自私，你要活着。你不光是给自己条活路，也是给我。你活着我就活着。"

“那你要我怎样？”

“我要你找一个活着的理由。”

“结婚吗？”

“结婚是一种形式，能够让你活着。”

“你怕我死了？”

“怕，我很怕。从小到大，只要看到你，我就有勇气活着。”

“就算我同意，你觉得我有资格吗？我是一个杀人犯，我没有资格，你懂吗？”

“爱能治愈一切，书里是这么说的。她爱你，从我们见她第一面我就知道。”

“爱不是一样可以毁灭一切吗？”

“哥，我们别放弃，我们争取一回，好吗？”

我想了很久后去跟楚阳表白了，她很爽快地同意了。于是楚阳成了我的女朋友。在楚阳成为我女朋友的第十天，何生走了，她又去了上海。

她走的时候跟我说：“哥，你结婚吧！不管多少彩礼都不怕。我有呢，我给你攒了钱。”

她这句话，让我下定决心要重新活一次，活出个人样，不能让爱我的人一直为我担心。

我恋爱之后，何正强每天都是喜气洋洋的，似乎我的人生影响了他的人生。

和楚阳在一起之后，我发现她的身体里住着另一个人，和我见到的样子完全不一样。她喜欢说话，一直喋喋不休地说个不停，我从来没有见过一个人像她那样喜欢说话。无论我是否理她，她的嘴巴都无法停下来。

之后，我成了她店里的常客，她也成了我店里的常客。我坐在她给客人理发的那张椅子上，任由她折腾我的头发。她一边理发，一边跟我说今天见到了什么人、遇到了什么事。说到好笑的地方，她就会咯咯地笑起来，笑的时候眼睛依旧圆鼓鼓的。我的生活变得热闹了起来，让我有一种错觉，好像我们已经是结婚多年的老夫老妻。一切是那么和谐。

通常下班之后我会送她回家，然后自己再回到小房子里失眠到天亮。我对她没有任何冲动，没有男人对女人的那种原始欲望。我变得清心寡欲，她亦是如此。好像只要让她说话，她就心满意足了。

关于她的一切，我完全不了解，也从未问过。她很少说关于自己的事情，总是说一些奇奇怪怪的见闻。

可能我的世界安静得太久了，猛然间变得热闹，让我多少有些不适应。

何正强和柳百合常常来看我，来看我的时候，还会从家里带点吃的。他们走了之后，我的桌子上总是会多出来几百块钱。我没有拒绝，就那样坦然地接受了。

楚阳喜欢做饭，每天中午的时候，她会出现在我的店门口，然后轻声地喊我："何光，我给你做了好吃的。"

我招呼她进来坐在店里等我忙完，然后我们坐在一起开始吃饭。她吃饭时爱讲故事。在她讲故事的时候，我猛然间发现她像极了一个人——穆清。我放下手里的筷子盯着她，静静地听她说话。她看见我对她的故事感兴趣，便特意给故事加了一些夸张的情节，一边讲一边问我："你觉得好笑不？"她笑得前仰后合的，眼泪都笑出来了。

我看着她，脱口而出一句："你适合当个作家。"

她停止了笑，停止了所有的动作。良久之后，她说了一句："我可当不了作家，我只是喜欢八卦而已。"

气氛变得压抑，她不再说话，开始安静地吃饭。这是她跟我在一起以来，第一次如此安静。我们相对而坐，店里只有我们吃饭的声音，偶尔突兀地响起一句"取快递"。

饭后她很快收拾了饭盒，然后出了门。我看见她站在门口，抬起头注视着天空，过了一会，慢悠悠地离开了。

第十六章　同类

那天中午，楚阳安静的样子，让我对她的过去产生了兴趣。晚上，我们和往常一样，一起下班。她又恢复了往日的样子，讲着一些离奇古怪的事情。可能她没有意识到，今天晚上的故事她讲得总是前言不搭后语。即使如此，她依旧兴致勃勃，不过她的语气带着深深的疲惫感，这样的楚阳让我觉得很难过。

镇子一到晚上就会迅速归于宁静，路灯已经熄灭了，月亮挂在天空，努力地散着光。月光下，我和楚阳并肩而行。

她说："你简直不知道那个胖子有多可笑，他只有头顶一撮头发，竟然要求我给他剪个时兴的发型。你猜我对他说了什么？"

还不等我回答，她就说："我跟他说，你这个发量剪不了什么时兴的发型，只能买个假发戴着。更令人难以置信的是，他竟然认可了。还站起来握着我的手，说我真是一语惊醒梦中人。我都没有给他理发，他竟然给我付了钱，还兴高采烈地走了。你说，他是不是个傻子，真的听不出来我在讽刺他吗？”

说到最后，她的声音变得极小，好像是哭了。不过夜太黑了，我看不清楚她的表情，只能假装什么都没有发生。

我总觉得这个故事在哪里听过，我想起来了，在中午我跟她说那句“你适合当个作家”之前她就讲的是这个故事。

我逐渐意识到她为什么如此心不在焉，又如此悲伤。那个结婚的女人，横在了我和楚阳的中间。楚阳什么都知道，她用这样的方式来告诉我，她想要什么！

我明白了她的用心，却没有找到解决之法，只能装作什么也不知道，残酷地任凭她痛苦着。她还在试图讲述另一个故事，只是那个故事的开头她说了好几遍，我都没有听懂，她显得十分焦虑。黑夜里只能听见我和她的脚步声，月光下我们的影子若有若无。我明白，这个夜晚一定会发生点什么。

在黑夜里，她靠近我，把自己的手放在我的手心里，轻声问我：“你爱我吗？”这一幕是如此熟悉。可能每一个女人都喜欢问男人这个问题，然而这个问题总是让人难以回答。我转过身把她拉进怀里，吻了她。她的眼泪流进了我的嘴里，那个吻有盐的味道，咸咸的。

她的嘴唇很软、很暖。她个子不高，可是充满力量。她的吻很热烈，像是要把我吃掉一样。

她的泪一直没有停止，整张脸黏糊糊的，这种感觉让我惊恐。从李淑芬去世之后，我的身体就一直黏糊糊的，那场大雨就那样长在我的身体里，怎样也无法去除。

摸着他的脸，我像是摸到了同类。那晚她没有回家，住在我的小房子里。我的生活好像是在重复，同样的夜晚，同样有一个女人躺在床上，跟我讲她过去的故事。

我的生活常常因为这些错觉而变得梦幻。很多时候，我不知道我在哪里，是在真实世界里，还是在幻境里。

当时楚阳站在我房子的门口，我发现我还紧紧地握着她的手没有放开。房门推开后，我走了进去，她也被连带着拽了进去。房间的灯亮了，她就那样定定地站在原地。或许我该说点什么，我想。她看起来没有想走的意思，于是我开口了："今晚别走了，太晚了。"

她说："好。"然后走了过来，坐在我的床尾。这时候的她是沉默的，她那出色的语言能力就那样丧失了。这让我更加不知所措。我脱掉了鞋子，爬上了床。

我们两个就这样相对而坐，她的脸色在逐渐恢复，已经看不出刚才那悲伤的样子。我感觉她的语言能力正在恢复中。果然如此，过了大概五分钟的时候，她开始说话。她又一次开始讲故事，在讲故事之前，她跟我说："你想了解我的过去吗？你对我一无所知，为何与我在一起？"

我看着她，努力在思索这个问题。她还是像往常一样，不等我回答，就开始说话了。我总是觉得，她并不是在跟我说话，而是在自言自语。我没有见过她在别人面前的状态，她跟我在一起的时候，一直在自言自语。

我说："或许你可以过来，躺在我身边。"

楚阳听到这句话，先是愣了一下，随即站了起来，走过来脱掉了鞋子，上了床。她和衣在我旁边躺了下来。她脸蛋红彤彤的，是我们这个地方特有的高原红，麦色皮肤，让人觉得很健康。

夜是那样静，好像这个世界只有我和她两个人，我们正在一个无人的星球里活着，相依为命。

她伸出手把我的手握在她的手心里，放在自己的肚子上，开始讲自己的故事。

她说："何光，我以前总是想，要是有人可以让我这样握着他的手睡觉，我就能跟他过一辈子。你会是那个人吗？"

我不知怎么，脱口而出说了一句："你应该知道我的过去，我这样的人没有未来。"此时我的表情应该是冷漠而绝望的，像只无处可去的野狗。

她没有因为我的回答而有任何情绪，继续说："从第一次看见你，你脸上那种冷漠而卑微的表情就让我知道，我们是同类。"

她这话，形容我倒是十分准确，原来我用力掩饰的一切都是徒劳的，他们只一眼就看穿了我的本性。意识到这个问题，让我觉得非常难堪，甚至无法面对她。不过她并没有发现我的变化。对，她确实没有发现我的变化，因为她还在自言自语，这时候她应该是看不见别人的。

你只能看见她的嘴在动，她眼睛一直盯着天花板的灯，好像那里有什么新奇的东西。她一开始说话，就会失去所有的情绪，没有悲喜。

“我生活在一个十分幸福的家庭里，我的父母从不吵架，他们总是沉默着，家里总是没有一点声音。你知道吗，就连电视的声音他们都会调得很小。他们之间的交流很少，除非有必要，才说几句话。他们从不唠叨我，也从不管我。我们三个总是忙着各自的事情。很小的时候，我就独自一个人睡觉。还记得一天夜里，风很大，吹断了门前那棵柳树，雷声夹杂着雨声，响彻天空。我吓得瑟瑟发抖，他们也没有过来看我一眼。我就是在那个夜晚学会了讲故事，是自己给自己讲故事听。后来我一直幻想着有一个人可以听我讲故事，事实上真的有了。我上学之后，总是讲故事给别人听，同学们都非常喜欢我的故事。我害怕他们不喜欢，于是每天观察他们每一个人的行为，然后编成故事。就这样我度过了我的童年。父母给我生命，却从不给我关注，从不给我爱。那时候，我就盼着赶紧长大，去找一个可以爱我的人。”

我看着她，看见了她眼睛里的寂寞。我抽出被她握在手心的手，把她拥入怀抱。她把头放进我的胸口，紧紧地抱着我，好像我随时会消失一般，然后接着讲她的故事。

“在我上初中那一年，他们出门去打工了，之后我就一直住校。每次回到家里，除了我的呼吸声，房子里静得能听见针掉在地上的声音。我养成了跟自己说话的习惯。

“暑假的时候，他们会接我去他们打工的城市。城市真热闹啊！哪里都充斥着声音。那时候，我就决定要好好学习考入大学，到城市里去。只是在我高二那年，父亲因为事故死了，母亲带着父亲的尸骨回了家乡。我也因此中断了读书，被母亲安排去跟一个师傅学手艺。

“那个师傅的手指很长，理发的技术很高。他的那双手仿佛会变魔术，能让人变得漂亮。他特别喜欢听我讲故事，他说会一辈子都听我讲故事。你知道吗，那是我生平第一次感受到爱，于是我爱上了他，把我的一切都交给了他。十九岁那年，我怀孕了。怀孕之后，他并没有像他说的那样娶我。他突然变成了另一个人，暴虐、残酷，即使这样我也不想离开他。他强迫我堕胎，我不愿意，他把我拖着送进了医院，我从手术台跑了下来。可是我不能没有他，于是我又去找他了。我求他不要离开我，他冷漠地看着我，说了一句我至今也无法忘记的话，‘没有人会爱你这样一个卑微的女人。’”

“我瘫坐在地上，失去了所有的力气。

“我醒来的时候在医院，陪在我身边的是我的母亲。我的孩子已经没有了，那时候我想到了死。那天晚上母亲跟我说：‘孩子，一定要去嫁一个你爱他，他也爱你的人，一定要做到。我这一生没有这样的机会，但你还有。’我才知道我的母亲从来没有爱过我的父亲，所以她连我也不爱。她这一生，好像就那一天晚上做了一会母亲。后来我去了大城市。在那个热闹的大城市，在那个到处都充满声音的世界，我是那样快乐。我以为我再也不用承受曾经的孤独，再也不用感受那样可怕的安静。可是我的母亲竟然得脑梗瘫痪了，没法一个人生活，而我是她唯一的依靠。我能怎么办？于是我就回来了，开了一家理发馆。”

“那你为什么要和我在一起？”我还是问出了这句话。

她说：“因为我要证明卑微的人也会有人爱。我听过你的传闻，这个镇子是没有秘密的。流言就像瘟疫，会迅速蔓延，就像我当年的事情，这个镇子里的人都知道。你忍受的那些目光，我都忍受过，我知道我们是同类。”

她的回答接近冷酷，可是对我来说却很受用，这样我便不用总觉得配不上她而心怀愧疚了。她讲这个故事的时候很冷静，还保持着紧紧抱着我的姿势，像是要镶嵌到我的身体里一样。

她说："我爱上了你。你会和我在一起吗？"

我说："好啊！我们就在一起，就像你说的一样，一辈子在一起。"

她终于说出了那句话："可是你不爱我，你爱的是另一个女子，我知道她是一个作家。"

她说这句话的时候，我才感受到她的悲伤。而前面的故事，她讲得是那样风轻云淡。

我不知道我是怎么了，竟然鬼使神差地说了那句话："我们结婚吧！我们结婚，然后一辈子在一起。"

她突然就笑了，然后问我："你说的是真的吗？"

"是真的，我想和你结婚。"

"那你会每天晚上拉着我的手一起入睡吗？"

"会的。"

"告诉你一个秘密，这个世界上我最讨厌的就是讲故事和说话，可是我控制不了自己。我一旦不说话，我的世界就没有声音。你无法体会那种寂寞和恐惧，它时刻折磨着你，让你无法呼吸、不敢动弹。"

"一切都会好的，可能。"我不知道这句话是说给她听的，还是说给我自己听的。她躺在我的怀里睡了，睡梦中的她是那样的安静，可能这才是真正的她。

第十七章　结婚

秋天来了，那炎热的夏天就那样消失了。秋天一来，这个镇子就失去了原有的颜色，迅速枯萎，变得萧瑟起来。我却很喜欢这样的季节，秋风吹过我的脸颊，落叶随风飘荡，太阳的光变得柔和，一切都失去了活力。我很好地隐藏在这萧瑟之中，与它融为一体。

自从听了楚阳的故事，我对她产生了深深的同情，就像她同情我一样。我们决定结婚。当我告诉她愿意和她结婚之后，她就再也没有问过我是否爱她，而是变得快乐起来了。她的快乐影响着我，在她面前我俨然是一个正常人。可能是因为我知道她的秘密，可能因为我们是同类。总之和她在一起的时候，我会觉得这个世界并没有那么糟糕。

何正强知道我要结婚，兴奋得天天往我这里跑，总是催着我赶紧上门提亲，生怕楚阳不嫁给我了。我问了楚阳的意见，她说："什么时候都行，我都听你的。"我打了电话给何生，她听说我要结婚了，高兴得几乎要从电话那头飞回来确定这是不是真的。

因为我的婚事，周围的人不约而同地都快乐了起来，这让我愈加觉得，这是一个正确的决定。自从我出生之后，我很少做让别人快乐的事情。我甚至把这个好消息告诉了外婆。一想到那个被女儿抛弃的老人正在承受丧女之痛，我就会想要对她好一些。她还是那样和蔼，总是叫我孩子，好像我才几岁一样。她希望我去看她一趟，带上女朋友。我爽快地答应了她的请求。

我带着楚阳乘车去另一座城市去看外婆。楚阳讲故事的时间越来越少，她逐渐变得正常。而我却被她影响得话却多了起来。我没有找到根源，可能是因为同情，也可能是我爱上了她，希望她快乐。不过这一切并不重要，重要的是我在楚阳面前成了一个正常的人，她从不会像其他人那样用异样的目光审视我，只是不离不弃地陪在我身边，我的任何行为在她看来都是正常的。

我失眠很多年，一到夜里就会变得焦虑。楚阳握着我的手，躺在我的怀里给我唱催眠曲。慢慢的，我们两个人一起坐在床上唱催眠曲，唱着唱着竟然就睡着了。醒来的时候，发现我们两个穿着衣服横睡在床的中间，坐起来相视一笑，开始吃早饭。

我们刚到车站，就发现舅舅在车站外等着我们，旁边停着上次来接我的那辆车。我发现我们去的地方并不是上次去的那个村子，我们被带到一个小区里，里面密密麻麻的楼房林立着，院子里布满了七拐八拐的小路。我和楚阳跟着舅舅一路前行，大概走了五分钟才到他家楼底下，我们乘着电梯上到了十八楼。从楼梯向外看，可以看见整座城市。楚阳站在我身边，就那样呆呆地看着外面的世界。

这热闹的城市，就是她心之所向，我知道。

电梯门开了，外婆就站在门口，看着我笑眯眯地说："孩子，来了？"还把手里的两根香蕉递给我和楚阳。她的精神看起来好了不少。老太太精神的恢复和我的快乐，将李淑芬的死带来的伤感冲淡了许多。这就是舅舅的家，他们的房子和我们村子的四合院完全不一样，墙刷得透亮，地板白得反光，家具一尘不染。看见我们站在门口迟迟不进去，外婆笑着过来拉了我一把。茶几上放着一束花，空气里弥漫着一股若有若无的清香。这样的小资情调的生活，我只在电视里见过。房子里只有外婆一个人，其他人好像都不在，不过我并不关心这些。外婆一直拉着楚阳，两个人有说有笑。楚阳那讲故事的本领再次派上了用场，很快俘获了外婆的心。

我坐在一旁看着她们，好像我也拥有了自己曾经羡慕的生活。外婆拉着楚阳的手跟我说："孩子，一定要好好过日子，要好好对你媳妇，听明白了吗？女人一生太不容易了，你妈当年就是因为嫁错了人。”

外婆慈祥地看着我，像是在笑，可是眼睛里满是泪水。她身体紧紧地靠在沙发上，应该是累了。原来她的精气神只是强装出来的，这时她又变成那个因失去女儿而悲伤颓然的老太太了。

舅舅从房间出来，看见无力地靠在沙发上的老太太，紧张地问：“妈，你还好吗？要不要去医院？”

老太太摆摆手说：“你订个午饭，把饭菜打包回来，中午我们在家里吃饭。人老了，不爱动了。”她像是在跟舅舅说，又像是在跟我们说。舅舅坐在老太太身边，把水递给老太太说：“妈，我知道了，我现在就去。你不要想太多，光子过来你要高兴一点，不要总提过去的事情。”

说完舅舅就起身出了门，临走时舅舅跟我说：“如果老太太有什么不舒服，你就赶紧给我打电话。”

我说：“好。”

楚阳就在沙发上静静地坐着，陪在老太太身边。我突然羡慕起了舅舅。他都五十多岁了，还有妈妈，还能和妈妈在一起，还有妈妈陪着他说话。陪着他老去，真幸福。

舅舅走了之后，老太太说太累了，要睡一会。她帮我们打开电视，让我们在客厅坐一会等舅舅回来。外婆睡着之后，我和楚阳就并排坐在沙发上看电视。

楚阳跟我说："何光，这就是城市，拥挤而热闹。将来我们一起离开镇子，搬到城市来生活好吗？"

我说："好。"

只是，我想起了刚出狱的那一段时间在城市的生活，心里升起一丝担忧。我能适应那样的热闹吗？在狱中到处都很安静，到处都很黑，我已经习惯隐匿在黑暗之中。若是把我暴露在阳光之下，我能适应吗？我并不知道。不过当下我们并不需要立刻去适应那样的生活，因此我才会干脆利落地答应了楚阳，让她快乐一会。

楚阳靠着我看着窗外，一动不动。我不知道她在想什么，也不想知道，便真的看起了电视。

半个小时之后，外婆醒了，从房间出来了。她怀里抱着一个盒子，那个盒子看起来有些年头了。楚阳跑过去扶着外婆坐在沙发上。外婆缓慢地坐了下来，打开盒子，从盒子里取出了一枚金戒指，拉起楚阳的手戴了上去。楚阳本能地向后退，看着我，手足无措。外婆还是那和蔼可亲的样子："孩子，戴上吧！这是当时何光妈妈结婚的时候，我送给她的。现在她不在了，离开的时候她特意交代，等何光结婚的时候，把这个给儿媳妇。"

我早知道李淑芬不会就这样放过我。果然，她死了，还要出现在我的生活里，让我无法心安地活着。我拉过楚阳的手，赌气似的说："我们不要她的东西！"外婆看起来有些失落，休息之后恢复的精气神，被我一句话又全部抽走了。

她在沙发上坐着，良久之后，开口了：

"你想知道她的故事吗？她这一生太苦了。都怪我当年没有阻止她嫁给何正强，都是那个懦弱的男人害了她这一生！"

舅舅从外面回来了，同时回来的还有舅妈和表弟。我们坐在一起吃了一顿饭，饭桌上没有一个人说话，每个人都专注地吃着碗里的饭。我看楚阳的嘴一直在动，知道她又想讲故事了。我悄悄地伸过手，把她的手握紧，她的神情逐渐平静了下来。

饭后舅妈和表弟去上班了，家里又只剩下我们四个人了。舅妈和表弟对我们疏远而有礼貌。我知道他们不喜欢我们，其实我也不喜欢他们。不过一看到这个可怜的老太太，我就顾不上别人了。

就在那天下午，我才了解了关于母亲的一切，愧疚感充斥着我的内心。在听完整个故事之后，我才发现我这些年恨错了人。她受的苦比我受的苦还要多，我没法去恨这样一个人，更何况她还是我的母亲。当你连恨一个人的资格都失去了的时候，那种痛苦已经没法用语言来形容了。我只能如木偶一样坐着，而老太太的这个故事断断续续讲了很长时间。楚阳就陪在我身边，她再看我的时候，眼里的同情更多了。

老太太让我把她扶上床，又让我和楚阳坐在她身边。她握着我和楚阳的手，开始讲李淑芬的故事。回忆显然让她十分痛苦，不过为了她的女儿，为了她的外孙不再恨自己的母亲，她还是决定把这个故事讲出来。

她说："老了，总感觉很多事情都记忆模糊了。只记得那天你母亲从广东回来跟我说，她要结婚了，我们都很开心，只是没有想到她要嫁到那样一个地方。她带着你爸爸一起来见我。说实话，你爸爸年轻的时候是真帅，就像你一样。他来的那天身上穿着一件长到脚踝的风衣，里面穿着一套蓝色的西服，打扮得时髦又潇洒。这样一个姑爷倒也配得上你的母亲，我们便同意了。那时候你妈妈也才二十岁，正是貌美如花的年龄。她爱美，从小就喜欢描眉画目，谁知道这些竟然成了原罪。在你们那个闭塞的村子里，你母亲的爱美、漂亮、时尚，都成了众人茶余饭后的谈论话题。"

讲到这里她看起来精神更差了，这个故事对于老人来说过于痛苦。她便停了下来，开始闭目养神。她特意叮嘱我们不要走，等她醒来她会继续讲这个故事。

外婆休息前，把一个相册递给了我，说："这里有你母亲的照片，你们无事可以看看。"照片里的母亲真是好看，化着淡妆，眼睛水灵灵的，像是会说话一样，修长的喇叭裤衬得她的身材凹凸有致。这样的女人叫人如何不爱。但这样的女人又往往容易引人非议。

看着她的照片，我都能想象得到她后来的生活，泪水顺着我的脸一滴一滴落在了她的脸上。而她就那样微笑地看着我，像是这世间的任何困难都不能将她击倒。

第十八章　往事

老太太的精神越来越差，可她还是坚持要讲完这个故事，我和楚阳便一直陪在她的身边。

“她是那么开心，她要嫁给她最爱的男人了。我和你外公去了你父亲的家里，我从不知道还有那么贫穷的地方。全家人钻在三孔窑洞里，窑洞里除了一盘大炕什么也没有，墙上糊的报纸已经发黄了。窑洞很深，黑漆漆的，坐在炕上也能把人冻得瑟瑟发抖。你的父亲和母亲看起来非常开心。年轻真好，可以如此天真快乐。你的奶奶并不热情，我们在你父亲家吃了一顿饭就走了，我实在没法在那样的环境下再待下去。后来我和你外公坚决不同意你母亲嫁给你的父亲，只是那时候，你母亲为了爱情，已经到了不管不顾的地步了。我们把她关在家里，但一天早晨醒来，你母亲不见了。”

外婆说到这里又停了一下，大口地喘着气，然后说：“造孽啊！你母亲再次回来的时候竟然怀孕了。我知道她是用这种方式逼迫我们同意她结婚。我们能有什么办法？只能让她嫁了。

“她和你父亲结婚之后，你的奶奶对她特别不好。原来她是那样一个活泼可爱的姑娘，后来每一次回来都唉声叹气，身上的灵气都慢慢消失了。更可笑的是，大家都觉得你母亲怀的并不是你父亲的孩子。起先一两个人这么说，后来所有人都这么说。因为他们无法理解一个这么好看的城市女孩，为何要嫁给何正强这样一个穷光蛋。他们觉得原因只有一个，就是因为她怀孕了想找个冤大头结婚。因为谣言，你的父亲也开始对你母亲冷言冷语，她的日子变得十分艰难，即使怀孕了也要下地干活，一直到生下你为止。慢慢的，你长大了，长得和何正强一模一样，谣言就才逐渐消失了。你母亲为了家里的日子过得好一些，决定去做生意。那些年她一直在广东，长了不少见识，她一直坚信靠自己的努力，日子会越来越好的。可是女人抛头露面去挣钱这种事，在你老家那个地方简直就是伤风败俗。

“只是你母亲那样的性子，对于外界的风言风语完全不在意，她只想过好自己的日子。于是在你一岁的时候她开始做生意，跟着一些男人一起倒卖粮食。她确实挣钱了，可是没有人相信女人会挣钱，给她编排了很多不堪入耳的流言蜚语。你那懦弱的父亲受你奶奶的指使，总是想方设法让你母亲不要出门。眼看日子越来越好，你母亲不甘心，没有听从他们的要求回家做家庭主妇。你知道吗？他们竟然打她。骂她是破鞋，说她不过是靠美色换来臭钱而已。

“那时候你已经三岁了，在你父亲的拳头再次落在你母亲身上的时候，她终于死心了，然后离开了那个家。从离开你的那一天开始，她没有一天不想去找你，可是他们不让她见你。

“听到你入狱的消息，你母亲病了好几个月。从那之后，她身体就不好了。”

我万万没有想到这个故事是这样的。小时候奶奶总是告诉我母亲各种不好的行径，和这个村子里每个人的故事版本都完全一样。我以为那就是真相，只是没想到母亲曾经受了那么多的苦。我看见坐在一旁的楚阳已经哭成了泪人，而我整个人已经麻木，没有任何表情和行为了，只能呆呆地看着外婆，紧紧地握着她的手。

外婆耗尽所有力气讲完了这个故事，冲着我摆摆手说：“孩子，回去吧！不要怨她，但凡有办法，没有一个母亲会愿意抛弃自己的孩子。回去好好过日子，也不枉她拼尽全力带你来到这个世上。她这一生太苦了，你要好好地活着，活出个人样。你的幸福，就是对那些想看你笑话的人最好的报复。”

她又把那枚戒指拿了出来，再次戴在楚阳的手上。第二天，我和楚阳再次回到小镇，决定开始筹办婚事。从外婆那里走的时候我还带走了那个相册，相册里都是李淑芬年轻时候的样子，她是那么美。

我时常想起她去年冬天来村里找我的那天，感到后悔莫及。可是人生永远无法重来，我只能活在对她的愧疚之中，努力地活着，争取幸福一点，才算勉强告慰她的在天之灵。

有段时间我一直想，为什么好人不长命？后来我想明白了，是老天不忍心她再受苦了，才带走了她。死并不是最难的，活着才是。

何生很久没有打电话过来了，楚阳跟我在一起之后，何生就开始很少联系我了。上次她跟我说换了一家单位，一切安好。

我跟着楚阳去她家提亲。楚阳的家就在镇子不远处的一个村子里，我来过很多次，但从没有进去过。我见到了楚阳的母亲，她躺在炕上，看着我们没有任何表情，楚阳给她介绍我，她只哼了一声。不知道她是否愿意让楚阳嫁给我，不过这些好像已经不重要了，不管她愿不愿意，她都没法改变了。可能她也意识到了这个问题，索性只冷漠地看着。

她们家的房子，有点我记忆中我家老房子的那种感觉，也是窑洞。她家里没有多余的家具，不过都被擦拭得一尘不染。那次见面之后，我们就去领了证，过起了小日子。原本我们是不打算办婚礼的，不过何正强坚决不同意，我们便随了他。知道了他和李淑芬的过去，再看见他的时候，总觉得很别扭。

就在这时，发生了另外一件事，这件事彻底改变了我的人生。快递店的老板跟我说这个店她不想开了，问我要不要接下来。可创业这事我完全没有想过。

她就坐在我的对面跟我说："孩子，你母亲这一生太不容易了，你要好好地活着。我知道这很艰难，但是你要挺住，只要你不放弃，就会有机会。"

在那天下午，我又听到了关于李淑芬的其他故事。

她说："你母亲曾经是周边几个村很多妇女崇拜的对象，她做了很多我们不敢做的事情。那一年冬天，我和丈夫因为钱的事情再次发生激烈的争吵。这时正好碰见她跟着几个男人来我们村收粮食。她长得真好看，站在人群中很显眼。我第一次看见女人做生意。卖粮食的人很多，她一边算账，一边安排那几个男人搬运粮食。我就那样静静地看着她，她看见了我，把手中的活交给了另一个人，朝我走了过来，问我：'姐妹，你怎么了？'

"我问了她一个问题：'女人也能做生意吗？'

"她说了一句我这一生都无法忘记的话：'当然可以，男人能做的事情，女人都能做。'

"就是因为这句话，在我丈夫再次打我的时候，我提出了离婚。我带着孩子离开了家，做起了小生意，一直到现在。

"若是没有你的母亲，我可能一生都会忍气吞声地生活在那个家里，就那样卑微地死去。

"只是没有想到，后来我再也没有见过她。听说她离开这里了，去了哪里没人知道。去年冬天的时候，我在街上再次碰见她，她看起来老了不少，没有了年轻时候的那股冲劲，整个人看起来十分沮丧。她说她来找你，并且跟我说了你的故事，我决定收留你。人只要心里有希望，总能找到出路。

“这半年来她一直跟我联系着，一直默默关心着你。我知道她走了。孩子，你要记住，你的母亲活得太要强了，所以才会被很多人嫉妒。人们是见不得别人优秀的，这就是人性。”

她看起来比我还悲伤：“我老了，干不动了，孩子在北京，我要走了。你好好经营这个店，好好过日子。”

晚上我跟楚阳说了想要盘下那个店的时候，她说很好啊，这样你就有事业了，多好的事情。等我们挣钱了，看谁还敢看不起我们！

我们的生活逐渐变得正常，身边有个人陪，我好像也不那么寂寞了。我摸出李淑芬给我的那张卡，打算取出五万块钱去盘下店，谁知道那张卡里竟然有三百万！一夜之间我变成了一个有钱人，这让我很惶恐。这个秘密我不敢告诉任何人，我只是默默地取了钱，又把那张卡放进了从外婆家带回来的那个盒子里。

做生意——原来她从来没有放弃这件事。这些钱应该是她努力了很久攒下来的。

我想起外婆说：“你母亲没有再婚。听到你进监狱的消息后，她每天活着就只有一个念头，就是好好挣钱，为你安排好后半生的生活。她一直在等你出来，你出狱之后不久，她就彻底病倒了，若是没有你她可能早走了。她一直念叨着这一生最对不起的就是你，你是她活着的希望，再次见到你就是她此生的最后一个愿望。”

李淑芬离开了，我一直都不愿意承认她是我妈妈，在她临死前都没有喊她一声妈。在她生命的最后一段时光，我也没好好陪伴她。她却悄悄为我谋划好了一切。这份迟来的爱，并没有让我感受到幸福，反而让我陷入了无尽的愧疚和懊悔之中。

第十九章　婚礼

我顺利地盘下了那家店铺。何正强一再问我哪里来的钱，他那个样子，像是我又做了什么见不得人的事一样。他的不信任让我非常愤怒，我们因此大吵了一架。不过他再也不敢像小时候那样用牛鞭抽我了，只敢远远地站在门外责备着我。

过了不多久，他又进来了，又一次问我："说！钱哪里来的？"

我说："正如你所想，我偷的。你想怎样，把我抓起来吗？"

他彻底地被我这句话打击到了，蹲在墙角，就那样抱着头一句话不说。门外面看热闹的人很多，我再次成了大家茶余饭后的谈资。

只不过这件事仅在一天之后，大家就都知道了答案。是楚阳，她又开始讲故事了。她说："你们知道吗？我老公她母亲去世之后，给他留下了一笔钱。他不仅盘了店，以后还要给我买楼房、买小车。"

而何正强也听到了这个故事，才从我店门前消失了，之后再没有问过我这件事。过了几天他又来了，说定了日子，准备在村子里办酒席。

他比上次来找我的时候精神了不少。可能知道我没有再次犯错，很欣慰。又或许是因为我成了一个有钱人了，不再是他的拖累。总之他看起来很高兴，把婚礼的流程单拿给我看，将一切都安排得妥妥当当的。

我看着他，突然问出了那句话："你后悔当年打她吗？你对得起她吗？"

他可能没有想到我会问他这样的问题，他身体有轻微的颤抖。他没有回答，强装镇定地站在原地。不过他的眼神出卖了他，那双眼睛里满是落寞。

"我对不起她。可是她太有能力了，她的优秀衬得我太无能了。我在她面前始终是自卑的，这种自卑折磨得我夜不能寐。我总觉得留不住她，我从来没有觉得自己能配得上她。"

"那你就打她吗？你凭什么打她？"

"这些年，我没有一天不在后悔中度过，这也是我应有的报应。听到她离开村子的消息，我从脚手架上掉了下来，腿瘸了。本来我还有机会找回她，可是我腿坏了，就什么资格也没有了。"

"你为什么那么恨我？柳百合虐待我，你从来不管。"

"孩子，我对不起你。是我猪狗不如。我恨她离开我，可是我无法报复她。我从来不承认自己的懦弱，我不配做你爸爸。孩子，我错了。你就让我用后半生赎罪吧！”

“你确实不配做父亲，你真的不配！虎毒不食子，你连畜生都不如！你这一生、下一生，生生世世，都无法消除你造的孽。”

何正强是怎样从我店里出去的，在我记忆中已经模糊了。他的可怜一点都不能引起我的同情，只让我觉得厌恶。

我们的婚礼是在冬天举行的。在结婚前我给穆清发了一个消息，告诉她我结婚了，就像她告诉我她结婚了一样。不管她是否爱过我，我都感谢她曾经在我的生命里出现过。

很快她发了一个红包给我，然后说恭喜你。

我没有收红包，也没有再回复，这一段感情里是否有真情，已经变得不重要了。我有了楚阳，开始过上了正常人过的日子，而这样的日子是最适合我的。爱到底是什么？我至今也不懂。李淑芬为了何正强付出了一切，不也一样被辜负？

婚礼那天，村子来了很多人，大家都在我家忙忙碌碌地帮忙。何正强还特意给我定了一套西服。上一次穿西服，还是去见云衣那天。此后我从未这样人模狗样过。第二天一大早，我就被拉去收拾了头发，镜子里的我，看起来和常人无异。楚阳穿着一身红色的礼服，长发被盘了起来，让她那张可爱的脸显现出了妇人的模样。

何生是在我婚礼前三天回来的，她的头发更长了，已经到了腰间。一头乌黑的头发，衬得她整个人更清冷了。

何生跟着家里人忙里忙外地准备着我的婚礼，心情好似不错。她跟我说："哥，就这样大步向前走。你看，一切都好起来了，不是吗？"

我知道她从心底为我开心，我活出人样是她最大的期望。她一直都没有说过自己的生活，好似她的人生就是因为我而存在的。

她说："那些都不重要，只要你活得好，我就能活得更好。楚阳很适合你，你一定会幸福的。"

院子锣鼓喧天，唢呐吹得很响。人们虽然被冻得瑟瑟发抖，可是脸上仍然喜气洋洋的。那天我见到了陈埃和黎忆，他们还带着孩子。这对曾让我羡慕的夫妻，他们之间的那道裂缝好似还在，他们之间曾经的那种恩爱不见了，变成了冷落。

陈埃依然对我很热情，关于我离开他的事情他只字未提。他把一个红包放在我手里。他的孩子还是那样可爱，不过看起来没有以前那般活泼了，怯生生地站着。我把一把糖塞给了他，他拿着糖，腼腆地笑了。

那场婚礼持续了一天，大家一边吃席，一边讨论着我和楚阳。六婆看着楚阳说："光子有福啊！能娶到个好姑娘。"她的脸色很不好看。她的儿子已经好几年没有回来了，我这样的人竟然也能结婚，对她来说，这想必并不是会让她快乐的事情。

决心要办这场婚礼，多半不是因为自己，而是为了让这一群看笑话的人难受。总的来说，我的目的达到了。连何正强的腰都挺直了不少，柳百合的脸上也难得地挂着笑容。

这个热闹的婚礼，让这个冬日也变得温暖起来了。楚阳看起来很开心，我知道她喜欢热闹，只要周围有声音，她就会变得无比快乐。

她的母亲也被从炕上拉了起来，坐在轮椅上，那张因为生病而扭曲的脸有些奇怪，眼睛里透着漠然和麻木，但若是仔细观察，好像还有雾气。她被套上了新衣服，身体消瘦的她被包裹在衣服里。她这个样子让我想起了去世前的李淑芬。行礼的时候，我一直觉得李淑芬就坐在那里，附在我丈母娘的身上，冷冷地看着我。

那天她一直安静地坐着，没有说一句话。我一直以为她已经失去了语言能力，但真相是她可以说话，却选择不说。对于女儿嫁给我这样的人，她应该是难过的、痛苦的。

晚上我们睡在何正强给我们重新装修过的新房里。房子里还买了家具，那张修过腿的茶几消失了。不仅如此，何正强还给我配了电视，地上铺了瓷砖，房顶吊了顶棚，换了一个时兴的灯。楚阳很满意这个婚房，她在房子里转来转去，边转边说这个婚房真好。

我不仅结婚了，还创下了村子里的神话——没出彩礼就娶到了媳妇。这让大家羡慕不已。我结婚那年，村子里的彩礼已经涨到十几万了。后来谁见到何正强都要说上一句："你有本事，没掏钱就给娃娶了媳妇。"

何正强会刻意地挺挺腰杆，而后慢吞吞地说："都是娃的本事，我有啥本事？瘸着腿，啥也干不了。"言语里尽是得意。

谁能想到，这场婚姻改变了我的人生，我居然因为结婚一夜爆红。不知道谁把我结婚的视频传到了网上，因为那张帅气的脸，我竟然火了。

我的结婚视频在网上疯传。视频里我和楚阳相对而立，英俊的新郎和普通的新娘形成了强烈的对比，再加上我冷淡的表情，给了大众无限的想象空间。大家都在想象着这个婚姻背后的故事。

不过一天的时间，视频转发量已经达到百万，越来越多的人关注我们，很多人靠着臆想编出了很多故事。他们对我，就像是对万众瞩目的明星一样痴迷。我又想起了李淑芬，她的美放在过去应该也是这样，被很多人爱慕，也被很多人嫉妒。

那年我被评为"网络年度最帅新郎"，有很多女孩在视频下面留言说"等你离婚了，我要嫁给你"。看着那么多想要嫁给我的女孩，我笑了。不知道她们知道了我的过去，还会幻想着嫁给我吗？不过这时，我还没有意识到网络的厉害之处。

面对爆红，我和楚阳都心无波澜。婚后我们迅速回归到正常生活之中，她守着她的小店，我守着我的小店。何生又走了。一切都慢慢回到了正轨。

若是楚阳没有建立那个账号，我想我们可能就会这样平凡地过一生。我大火之后，楚阳在网上注册了账号，昵称叫“何以为光”。她闲得无聊就会发一些我们的生活日常在微博上、抖音上。不知道谁最先发现了我们的账号，后来突然之间很多人知道了我们的账号，我们的微博粉丝数突破了二百万，抖音粉丝人数突破了一百万。我们就那样被猝不及防地推到了大众面前，就连我们的快递店里也热闹起来。每天早晨，我还没有开门，就有人开着车子到我们店门口蹲守，我刚一上班，无数个机器就对着我猛拍。不仅我和楚阳火了，甚至连那群蹲在我们门口的人都火了。

刚开始的那些天，我整日诚惶诚恐，总是害怕大家知道我的过去。我的失眠更严重了，于是只能求助于何生。何生还是像以前一样靠在沙发上，跟我讲很多我听不懂的话。看到她的时候，我就会莫名地感觉到心安。楚阳被包围在那群陌生人中顾不上管我，她沉迷在网络营造出来的热闹之中。有时候她会开直播给大家讲故事，很多人喜欢她的幽默，而她喜欢这样虚假的热闹。大家各取所需，只有我惶惶不可终日。

有时候，大家要求楚阳带我出镜。我就呆呆地坐在楚阳的后面，像个木偶。我并不喜欢这样的活动，更不想暴露在众人面前。我还是没法像正常人一样，坦然面对这一切。

那年冬天一直到正月的时候，才下了第一场雪。每次回家，何正强都唉声叹气地说："明年麦子看来没有收成了。"大雪覆盖了这座小镇，也冻跑了在我门前蹲守的那些人，我的世界终于清静了。

楚阳的母亲就在那场大雪中去世了。那天我们回家去看她，发现她已经没有了气息。不知道她何时去世的，离开的时候是否平静。看到死去的母亲，楚阳并没有表现出太多悲伤。她冷静地从柜子里取出寿衣，开始给她母亲换衣服。我骑着电动车回了家，招呼了何正强和柳百合过来帮忙。我们对农村的葬礼一无所知，何正强来了，后面还跟着几个男人和女人，楚阳喊他们叔叔婶婶。

楚阳给母亲穿好寿衣，又跟我说："我们去取棺材吧，她活着的时候嘱咐我定做的，可能她早都想到了这一天。"外面冰天雪地的，我用电动车带着楚阳去给她妈妈取棺材。她双手搂着我的腰，脸贴着我的背。我正骑着车，突然感到脊背一热，楚阳哭了，泪水浸透了我的衣服。我却想不出话语来安慰她，只能加快骑车的速度。

这生老病死，原来每一个人都要面对。

第二十章　机遇

我们在那茫茫大雪中走了很久很久。就在这一天，我知道我和这个女人的命运永远拴在了一起，无法分离。她似乎变成了另一个我，我们的一切都交织在一起，然后再一分为二，幻化成两个人——男人和女人。

当我们运回棺材的时候，灵堂已经布置完毕，白色的孝衣和这白色的世界融为一体。楚阳的母亲被放进了棺材。不知道从哪里凭空冒出了那么多人，大家都在有序地做着各种事情，吹唢呐的人坐在门口，烤着火，奏着哀乐。

灵堂里，我一直陪着楚阳，她从头到尾没有哭出一声，倒是有一些我不熟悉的人，趴在棺材上哭得死去活来。有个老婆婆过来坐在楚阳的身边，提醒她要哭出来，大声地哭出来。楚阳还是一动不动，就那样倔强地跪着，眼神空洞地看着前方，我陪着她跪着。老婆婆看到这样的楚阳，无奈地叹了一口气，没有再说什么。

楚阳的父亲不在了，家里只有楚阳一个女儿，葬礼一切从简。楚阳的母亲很快就被下葬了。一直到下葬，楚阳都是麻木地跪着。她的灵魂去哪里了？我怎么也找不到，甚至我觉得死的不是她母亲，而是她。

所有的热闹散尽，院子再次归于寂静。楚阳站在院子里，就那样呆呆地望着，她的眼睛一直看着门口。我走过去抱着她。

楚阳说："你看，妈妈回来了，她跟我说她终于解脱了，她在对我笑。"

刚说完这句话，楚阳就晕了过去。我摸了摸她的额头，烫得厉害，她发烧了。想来这两天，她一直在强撑着，我一直都没有发觉她身体不舒服。我背着她奔向医院，去医院的路上我的心一直悬在空中，害怕我会失去她。那样，以后我的世界里就只有我一个人了，那我该怎样熬下去？

很庆幸，楚阳只是悲伤过度加上感冒才会有那样的症状。我在医院守了她三天，她病好了，变成了另一个人，这是我完全没有想到的。

醒来之后，她变得充满活力，按时吃饭，而且吃得很多，还跟我提各种要求，要吃很多她平时从不吃的东西。对于她奇怪的行为，我并没有多问，只当是母亲去世对她打击过大造成的。

她出院之后，我跟着她回到了她的老屋。她在每个房子都转了一圈，然后拉起我的手出了门，给门上了锁。"让所有的寂静都留在这里吧！”她跟我说了这样一句话。从那天起，她再也没有回过那座院子。

冬天就在这场葬礼后慢慢过去了。那天晚上回去之后，她跟我说：“何光，我想换个活法，我要去做我想做的事情。”

我说：“好啊！”

她又问我：“何光，你爱过我吗？”

这一次我想都没有想就告诉她：“我很爱你。”

听到这个答案，她变得快乐了起来。以前总是羞于说出口的话，在那天晚上，我就那样自然地脱口而出了。

后来我才知道，若是没有那句话，可能她就离开我了。或许这就是命，她就是上天派来拯救我的。

晚上睡觉的时候，她跟我说：“何光，我好害怕我会变成我母亲那样。她的人生就是个笑话，毫无价值。她一生都在隐忍，从未为自己活着。人生不应该是那样的，对吧？”

“我一直以为我没有未来，楚阳。”

她紧紧地抱着我说：“只要你还爱我，我便不会离开你，我们会有未来的。”

“楚阳，我不想要孩子。”

“我也是。”

“那我们就这样过吧！”

“好啊！我们先把自己活明白了。”

这是我们婚后的第一次深度交流，就孩子的问题达成了一致。

二〇一九年春天，我第一次见到金利来。那天我正在店里分拣快递，一个肥胖、身材短小、戴着墨镜、穿着西服的男人进了我的店里。他上下打量着我，我亦看着他。小镇的人我几乎都认识，这个人显然是外来者，我从未见过。

“先生您取快递吗？单号提供一下。”

他没有说话，继续打量着我。

“先生，您有什么事吗？”

当我再次问他的时候，他莫名其妙地说了一句：“好好好。”

“什么好好好？”

他尴尬地笑了一声，说道：“不好意思，冒昧打扰。我是造星文化传媒有限公司的负责人。”

说着他递给我一张名片：“我在网上看到您和您夫人的视频，觉得您非常有气质。我们想和您合作。”

“合作？跟我合作什么呢？”

“不知道先生了解过直播吗？我们是直播公司。我们想把您签到我们公司，我们会把您和您夫人捧红的。”

“这个我们不了解，也不感兴趣。”

金利来脸上的笑容消失，看起来还有些许惊讶。不过他依旧保持着刚才谦卑的态度，客气地跟我告别，临走之前还嘱咐我再想想。

我被金利来弄得莫名其妙的，并没有把这件事放在心上，只把他当作一个骗子，继续分拣我的快递。

吃了闭门羹的金利来并没有罢休，他索性住在了镇上。看到找我没有用，他就去找了楚阳。不知他和楚阳说了什么，晚上楚阳跟我说："何光，你想不想换个活法？"

我问："怎么换？"

她说："或许签了那家公司没有那么坏。我上网查了他们公司，真的捧红了很多人。等我们有钱了，我们就可以离开这里，搬到大城市去住了。"

我知道，这就是楚阳想要的生活。可这不是我想要的，我就想在这个小镇里低调地活着，一直到死。楚阳迫切的眼神，一时间使我陷入了两难的境地。

我想起了那年，我刚从监狱里出来时，在城市生活的那段时间。一切都变了，我甚至连买一顿饭那样的小事都做不到，什么扫码支付、扫码上车，我完全不懂。虽然这两年我慢慢适应了这一切变化，可是真的要去那样的地方，我心里依然充满了恐惧。

就连应聘保安这样的工作，对方也因为我的坐牢经历而不给我机会。我碰了无数次钉子之后，才明白城市没有我的容身之地。我好像穿越了，直接来到了十年之后，这一切都让我莫名地惶恐。走投无路的时候，我选择了回到家乡。尽管我讨厌这里的一切，可是除了这里，我无处可去。在这里，我的一切愚昧无知都会被忽略，哪怕有嘲笑、流言，也都无法伤害我，我不就是如此长大的吗？世人是何嘴脸，我早已看透了。

我因为懦弱而选择了逃避，楚阳并没有强迫我，不过那金利来并没有罢休，他又来了，带着一份合同。他来的时候，我正在和楚阳吃饭，他推门而入，看着我们赔着笑脸，不等我招呼他就坐了下来。

他把那份合同放在我的面前，然后说："你们两个签到我的公司，我一定会把你们捧红的。以后你们会有花不完的钱，还有可能当明星。何光，我了解你，知道你在想什么。你想想，还有比现在更差的情况吗？试试又何妨？这是活出人样的机会。这是合同，你们看看吧。合同上有我的电话，如果同意了打我电话。我会等你们三天。"

楚阳把合同握在手里，她又开始喋喋不休。这次她讲的故事我从来没有听过，那是她去了大城市之后的生活。她眼神里的期望，让我更加恨自己，恨自己的懦弱。

那天晚上我梦见了李淑芬离开的那天，何正强和她吵架时候的场景。我看着懦弱的何正强，仿佛看到了自己。就在那时，金利来那句活出个人样，一遍又一遍地出现在天空的上方。

我打电话给何生，何生说：“哥，你值得更好的生活，没有人一生都要受苦，你去试试吧！”

“我真的可以吗？我害怕大城市的生活。”

“别怕，一切都会越来越好。不信你抬头看天，是不是太阳出来了，春天又来了？”

第二天，我签了那份合同，不为自己，只为了楚阳。若是当年何正强支持李淑芬创业，我的人生可能也会不一样。我不想成为何正强，于是我接受了金利来的邀请，签了合同。

我们被网红公司签约的消息，很快就在镇子里传开了。这一次，我在大家口中不再是那个人人避之不及的杀人犯，反而成了人人羡慕的有出息的人了。这一切，是那样魔幻而充满讽刺。

我们决定离开这里，前往上海，开始新的人生旅程。走的那天，何正强和柳百合来送我们，给我带来了很多特产，叮嘱我带给何生一些，还给我手里塞了一张卡。我把他们所有的东西照单全收，然后上了金利来的那辆大奔。楚阳紧紧地握着我的手，跟我说：“谢谢你，何光。”

她看起来心情极好。离开那些流言蜚语，离开这个藏着她秘密的小镇，这是她所期盼的事情。生活在大城市，脱离寂静的日子，就是她想要的。只要是她想要的，我都希望她能得到。我总是能想起李淑芬，总是能想起她悲惨的一生。每次想起她，我就想对楚阳更好一些。

猛然间我发现，我们认识那么久了，从未吵过架，一直和谐而稳定地生活着。

楚阳说得对，我和她是同类，所以才更懂对方。

正在我陷入沉思的时候，楚阳说话了："忘了跟你说，你让我给爸放的存折，我给他放在电视机底下了。"

"放了就好，到上海了给他说一声。"

我又想起来，我一直未曾给楚阳说李淑芬给我留了三百万的事情。之前不告诉她，不是怕她骗走我的钱，只是我想在农村躲得更久一些。此刻看来是个机会，我们已经离开了村子，这件事也该跟她说了，不然后面定会引起不必要的误会。

"楚阳，我有一件事一直没机会跟你说。"

"没事，你想说就说，不想说就不说。"

"楚阳，我们其实挺有钱，上次盘店根本没用了多少，我母亲给我留了三百万。到了上海，我要让你住大房子。"

楚阳惊讶得张大了嘴巴："你是说三百万吗？"

"是的，是三百万。"

"我以为我嫁了一个穷光蛋，谁知道我不光嫁了一个未来的明星，还嫁给了一个富翁。那你都这么有钱了，是不是准备找个更好看的老婆呢？"

“不，我谁都不找，我只要你。”

她似乎还没有从惊喜中缓过来，一遍又一遍重复着：“我们有钱了，我们还要去大城市了。真好，真好。”

说完似乎还不太确定，又转过来问我：“何光，我是不是在做梦？”

“不是，亲爱的，都是真的。”

她这才放心下来，脸贴窗子，聚精会神地看着窗外。金利来在前面呼噜打得震耳欲聋，司机戴着耳机，听着情歌，开着车。我们坐在这辆商务车的最后一排，看着黑夜里的河流、大山，带着忐忑而激动的心情，向城市奔去。

第二十一章　离开

离开家乡的楚阳就像鸟离开了牢笼，整个人都变得活泼了起来。到达上海，已经是两天之后了。我们一路上停停走走。我过上了从来没有想过的生活，晚上睡在五星级大酒店，吃的都是些以前没有见过的稀罕物。金利来边吃饭边跟我说：“哥没有骗你吧？你瞅你现在的生活和以前的生活一样吗？”虽然一切都变得更好了，可是我的心却更空了，晚上再次失眠了。我感觉心无所依，人总是处在焦虑之中。反倒是楚阳表现出了一种从未有过的从容。

我们由原来的同类，变得不再相同。她在喧闹的城市里找回了自己曾经丢失的一切，整日拿着手机，不是在拍视频，就是在直播。她总是和一群完全不认识的人没日没夜地唠嗑，粉丝的数量在迅速上涨。只是我依然是浑浑噩噩的，像是一只风干的咸鱼，只想被高高挂起，没有任何想法。

离上海市中心越近，楚阳就表现得越兴奋，就连金利来也看起来十分兴奋，新的人生旅程就是从这个春天开始的。

到上海那天，何生打来电话，问我们几点到，她会来接我。其实我也很想念何生，很想见到她。不过金利来说先带我们去参观公司，楚阳期待着快点开启新的生活。于是我们就先去了公司。公司在一家商业楼的二十层，站在窗边可以看见繁华的城市。那层楼都是金利来的，公司里有无数个小直播间，直播间里有很多漂亮的女人和帅气的男人，他们都在各自的岗位上扮演着自己的角色。

这些人见了金利来都叫他金总，金利来则是面无表情地和大家打着招呼。我和楚阳跟在他的身后进了一间房子，应该是他的办公室，里面装修得很豪华。金利来示意我们坐下，然后拨了一个电话。一会门外来了一个人。这人高个子，穿得很时髦，头发整理得一丝不乱，瘦得有些过分，脸很白净，仔细一看，还化着淡淡的眼妆，涂着口红，阳刚中带着一丝妖艳。

那人一边看着金利来一边说："辛苦了，金哥。你可是挖到宝了！"

"你给他们安排一下，以后你就带着他们。"

"何光，过来。我给你介绍一下，这是钱银。你们两个以后跟着他就行，有啥需要跟他说就好。"

"好，我知道了，金总。"

钱银带着我们进了另一间房子，跟我说："你们两个就在这个直播间，上岗之前我会给你们培训的。"

“好的。”

从直播间出来，我们又被带进了另一个房间。房间不大，和我在镇上租的房子差不多大小，只是这个房间亮堂了许多。房间里放着一张硕大的床，桌子和椅子只能被硬生生地挤在角落，门口的拐角处有一间隔出来的卫生间。钱银跟我们说：“你们两个先住在这里，再慢慢租房子，以后下班太晚的时候也可以直接在这里休息。其他人都是好几个人一个房间，这是专门给你们准备的。你们可要好好干，不能辜负金哥的苦心。”

楚阳一边听着，一边忙不迭地应着。我们就这样在这里住了下来。那天晚上我一直在想，总感觉这个地方在哪里见过。后来我想起来了，是监狱。跟这里一模一样，一群人被关在小房间里工作，晚上回到自己的小房间里睡觉。和在这里每天要做的事情也完全一样，甚至连流程都一模一样。

意识到这个问题之后，我变得从容了许多，毕竟这是我最熟悉的生活方式。也可能是因为我太熟悉怎样在这样的格子间里活下去，后来才会表现得那般出众。

第二天我还是没有见到何生，我和楚阳开始紧张地培训，与我们一起培训的还有四个女孩。我们六个人和两个老师，不对，应该叫经纪人，大家挤在一间房里开会。每个人都有自己的身份、个性、标签，甚至连说话方式都是固定的，我们需要在直播的时候扮演这个角色。而我需要做的就是在楚阳直播的时候做出生无可恋的表情，以表示我对直播的抗拒。

开始工作是在一周之后，我们经过反复练习，终于达到了经纪人的要求。开始直播前，我们换上精心准备的衣服，专业理发师会给我们设计适合我们的发型，换上最时新的轻奢品牌衣服。我和楚阳就这样变成了自己都不认识的人。没有想到的是，我们的第一场直播就很成功。一夜之间粉丝涨到了五百万。我和楚阳成了公司业绩最好、赚钱最多的两个人。

金利来对我们的态度变得更热情了。我和楚阳都有了自己的粉丝，我们被很多人喜欢，他们甚至愿意给我们各种打赏，就只是为了见上我们一面。也有很多粉丝要求加微信，这些都是经纪人处理的，我并不会处理这些，也不擅长与人交流。

除此之外，我们也开始尝试带货。不过在直播间，大多数时候都是楚阳在忙，我只需要对着大家微笑，在关键时刻说出我的台词就好了。

起先大家喜欢我们夫妻都是因为我的帅气和楚阳的普通形成鲜明对比，很多人想不通我为什么要和一个相貌平平的女孩在一起。不过在直播的过程中，楚阳讲故事的能力让很多人开始惊呼：原来是因为有趣的灵魂啊。渐渐的，喜欢楚阳的人多过喜欢我的了，大家也慢慢接受了我们这样的组合。坐在镜头前看着直播间的热闹，我感觉自己看到了镜头后面那群寂寞的灵魂，他们孤独着、无聊着，于是在虚拟世界里到处寻找乐子，而我们刚好满足了他们的需求。原来这个世界上大多数人都如此可悲地孤独着。

楚阳像是一个天生的段子手，只要她开始讲故事，无论这个故事是真的还是假的，大家都会选择相信，直播间上架的商品也很快会被哄抢一空。我就像是一个吉祥物，基本不说话，但却至关重要。说实话，到最后我竟然喜欢上了这样的生活，我们的生活变成了另一个样子。

在我们来到公司一个月之后，我们终于有了属于自己的假期。这时我才见到何生，她穿着一件波西米亚风格的长裙，瘦小的身体有着现在流行的骨感美。她看起来开朗了不少。她很喜欢楚阳，从第一次我们见到楚阳的时候我就知道。

她们两个坐在一起说着什么，我很少见到何生这样和一个人相处，放下了所有的戒备，身上的那种疏离和清冷也消失了，只剩下温和。

后来我才知道，何生听过楚阳的故事，她曾经深深地同情过这个女子。她知道，只有经历相似的两个人，才会理解彼此，才会珍惜彼此。那些正常人，永远只会用世俗的眼光打量着你，轻易下结论，从不去管这件事的真相如何。

何生说："哥，你和嫂子去我那里住吧，我一个人住着太冷清了。"

楚阳看了看我，我点了点头。看见我点头，楚阳有些开心，我知道她是个爱热闹的人。我们决定搬出公司，住在何生租来的房子里。

其实我也有我的目的，我很想看看何生一个人到底是怎么生活的，这么些年她都是一个人。上海的夏天总是黏糊糊的，空气里的那种黏糊糊加上身体上的那种黏糊糊，总给我一种时刻被大雨浸泡的感觉。

何生带着我和楚阳去逛外滩，我们三个并排走着，似乎已经无法从我们身上看到小镇的痕迹。我们用时尚的造型、时新的服装，还有脸上的墨镜，把原来的自己密封了起来，只留下这个打造出来的人偶行走在世间。我们高调的姿态，很快引起了别人的注意。

有人问身边人："你看，那是不是何以为光夫妇？"人群中有人尖叫了起来，我们被围在了中间，很多人开始对着我们拍照，还有人索性架起了手机开始直播，就连何生都暴露在了大众面前。

我们仓皇而逃。以前也有逃过，逃的是大家的不喜欢，现在逃的却是大家的喜欢，真是让人觉得讽刺。起起落落的人生，让我越发清醒。

第二十二章　重逢

我还是会失眠，尤其近几个月来，我失眠的次数越来越多，有时候几乎一晚上一眼都不合。倒是楚阳，她对生活充满了希望，总是活力四射地努力着。公司里很多人都喜欢极了楚阳，喜欢亲近她。他们把我的社恐看成是傲慢，总觉得我看不起他们，所以不怎么喜欢我。为此钱银还找过我几次，于是后来我每次见到他们的时候，就选择性地低下头，不跟他们对视。谁知道还不如以前，他们又觉得我不尊重他们。在公司里我不叫何光，我叫光子，楚阳叫希子。每个人都有自己的艺名，谁也不了解谁的过去，这对于我和楚阳来说，是最好的事情了。

第一次发工资的时候，钱银把三万块钱放在我的手里。我万万没有想到赚钱原来这么容易。我和楚阳看着那三万块钱，有些不敢相信。钱银许是看出了我们的震惊，就说了一句：“你们好好干，以后还能赚更多。”

虽然我卡里有着几百万，但我骨子里依然流着穷人的血，现在突然发现自己不光是个有钱人，还很能挣钱，这让我一时间无法适应。楚阳拿着那些钱一张一张地数着，数着数着泪就落了下来。

她说：“那年我若是有这么多钱，或许母亲就不会死，她就能看见我活出个人样了。”

楚阳已经很久没有这样悲伤了。来到上海之后，她一直处于亢奋的状态之中，努力地抓住每一份热闹。她自言自语的毛病因为有了听众而被治愈了，如今她已经学会了与人正常交流。

在我们赚到钱的这个夜晚，她变得伤感了起来。可能她开始和我一样怀念那个我们逃离的镇子，想念那黑夜里的月光和寂静。现在我们被声音包裹，心却更空了。她每天睡觉的时候，总是紧紧地握着我的手。有一天她问我：“你说，我们会不会有一天又回到了从前，什么都没有了？”她时常患得患失，弄得自己很焦虑。

幸好有何生在我们身边，她是“精神科医生”，最明白怎样治疗我们的病。住进何生的房子之后，我才知道她的苦心，她早就看出来我们两个人精神已经有很大的问题，邀请我们去她家陪她不过是个幌子，她是想帮我们。

那一晚我依旧失眠，何生拿了一杯水和一些药给我。

她轻声跟我说：“哥，把药吃了，就能睡着了。”

她的话像是有魔力一样，我端起了水，吃了药，然后真的睡了。能够睡着真的是太幸福了。可能你们无法想象一个无法睡着的人的痛苦，就像常人无法想象便秘病人的痛苦一样。

之后我便依赖上了何生，每次难以入睡的时候我就会去找她，她就会给我一些药。因为晚上充足的睡眠，我变得精神了不少。

而楚阳有了何生这个闺密之后，变得十分快乐。楚阳说："何生是我这一生唯一的朋友，因为我不想讲故事给她听，我可以像正常人一样和她相处。"

我们三个组成了一个小小的家，住在了里面，过着自己的小日子。

此时我们已经成了网络上小有名气的网红了，不仅要直播，还要参加各种活动，经常有平台颁发各种各样的奖给我们，家里的阳台上扔了不少奖杯。我们一个月赚的钱，由原来的两三万，变成了二三十万，我们彻底变成了有钱人。我给何正强寄过很多钱，吓得他天天给我打电话，以为我又做啥坏事了。后来还是何生跟何正强解释，他才停止了追问。

外婆每周六都会打电话过来，她的精神似乎恢复了不少。她经常跟我说："孩子，我在手机上看到你了。你出息了，出息了。好得很，这下你妈放心了。"

我发现我已经很久没有想起过李淑芬了，连同她与何正强的那些纠葛都在我的记忆里变得模糊。我似乎在有意斩断与过去的联系，想要在这样一个热闹的世界里，把自己隐藏起来。

以前我想把自己隐藏在村子里，如今我想把自己隐藏在公司的格子间里。无论哪种形式，我依然害怕把自己暴露在阳光之下。

只是我没有想到，我会在上海碰见穆清。

那应该是在我来上海半年之后，我已经完全适应了现在的生活，学会了刷手机、学会了网购、学会了微信支付，还学会了扫共享单车、叫外卖等。这些我以前刻意逃避的东西全部出现在我的生活里，我已经从之前的窘迫变得从容。

我重新开始打游戏了。跟众人一样，在不上班的时候我就沉迷在网络中。那天我正在打游戏的时候，看见了上线的穆清，显然她也看见了我。那一局结束之后，我在微信上看到她发的消息。

“何光，我在上海，出来喝一杯。”

我看着那句话，努力想象着穆清的样子，却怎么也想不起来，只记得她在白天喜欢笑，在夜里喜欢哭。我还记得我觉得自己很爱她，甚至因为她结婚准备自杀。没想到不过一年多的时间，我已经想不起她的样子了，还和楚阳结了婚。

那天，刚好楚阳和何生去逛街了，我也不用去想要找什么借口出门去见穆清。说实话，我是挺想见她的。于是我回了一句："地址给我，我马上过去。"

她给了我一家酒店的地址，和我们第一次见面一样，地点都在酒店。我犹豫了一下，还是选择去了。

再次回忆的时候都满是美好，我亦不能免俗。去找她的路上，脑海中浮现出了我去云南找她的那些岁月，想想还真是纯粹而美好。

车子在高楼大厦间穿行，我穿过世界繁华，再次来到她的身边。我并不知道自己想要什么，就是想来。

我已经不是以前那个唯唯诺诺的我了，我已不再卑微懦弱。这时候我意识到钱真的能壮人胆，我变得张扬傲慢，还想象着怎样在她的面前不露痕迹地展示出我所拥有的一切。

车子停了下来，是一家五星级酒店，相比我们第一次见面的旅馆，这里简直就是天堂。而我如今的身份早已不一样了，这样的地方我进进出出过很多次，不会像第一次进去的时候那样无措。

我甚至为自己的从容表现得意扬扬。进了电梯，我来到她的房间门口敲响她的门。门被打开了，我再次看见她，她那模糊的面容逐渐清晰了起来，原来她长这样啊！

在路上，我计划的一切，在见到她的那一刻全部塌陷了。她依然笑靥如花，好像跟上次见面的时候并没有什么太大的区别。不对，有一些不同，她更有女人的味道了，更成熟了，更有风韵了。

她那张很普通的脸，因为她的笑容变得美极了。我就那样看着她。楚阳从来不会这样笑，她的所有表情中都带着隐忍。而穆清不一样，她的快乐和她的悲伤是那样的纯粹。说实话，我很羡慕穆清，羡慕她可以活得如此潇洒。

她说："你比以前更帅了，看来我的眼光真的不错。"

她说这话的时候，就像个女流氓。不过这倒让她和这世间所有的女子有了区别。她从不掩饰自己，不管是情绪还是欲望，都是那样赤裸裸地展示在我的面前。不知她在别人的面前是何种样子，在我面前我觉得她是超脱的。

我说："你也一样，比以前更美了。"

她扑过来抱着我，然后说："你和以前一样木讷好玩。"

我的身体不受控制地有了反应。我和楚阳在一起这一年很少有这样的情况。我们都对这个事情不热衷，更喜欢抱在一起相互取暖。可是穆清不一样，她总是能激起我的原始欲望。

我一把推开了她说："你结婚了，我们不可以。"

她转过身拿起桌子上的红酒，喝了一口，然后慢悠悠地说："我离婚了，他出轨了。"

她这样风轻云淡地说出了这件事，倒让我不知所措了。我坐在沙发上看着她，我知道黑夜中的她即将到来。我努力地思考着我为什么来这里，我想要得到什么？确认什么？又努力审视着我们的关系。

她在床头坐了下来，黑发遮住了半张脸。她把红色的液体倒进自己的嘴里，然后又开始哭了。这一次我没有过去抱着她。我脑子里总是不自觉地出现楚阳的样子，她跟我说，我们是同类，除了我没有人会爱你。

这时我渐渐想明白我和穆清的关系，无论是我有钱还是没有钱，无论是过去、现在、未来，我们两个永远没有可能在一起。

我们在一起是没法过日子的，也无法活下去。

她靠在床头默默流泪，我就那样坐在沙发上看着她。她问我："你是不是也不愿意要我？"

我没有回答她的问题，倒是说出了一句话，一句连我自己都惊讶的话：

"没有一个人会爱一个见面就跟男人睡的女人。"

她听见这句话之后，先是愣了一下，接着大笑了起来，那笑声诡异极了。

她从床上站了起来，赤裸着身体，那笑容像是文在她的脸上一样。她说："你说得对，我就是这样一个贱货。那么你呢，你又是个什么东西？你也不过是这个世界上的一只蝼蚁、虫豸而已。你以为你换身皮就能改变本质？我告诉你，有些东西永远改变不了。"

我从沙发上站了起来，飞奔过去，把浴巾裹在她的身上。然后拥抱了她，而后便离开了。

之后，我再也没有见过她。后来我在她的作品中看到了那句话："我的这具身体早已经腐烂，若是它还能救一个人，那它就功德无量。没想到这身体却让他感到恶心。我不知道怎样去爱他，他像是来世间历劫的神，残忍中带着怜悯。"

我握着手机，看着她这段话泪流满面。不过那已经是很多年后的事情了。

回家的路上，我变得失意又沮丧。对于自己费解的行为，我终于找到了答案。我想做个好人，即便做不了好人，也得做个好丈夫。我要做到何正强没有做到的事情，我不能让这个世界永远重复悲剧。我用这种方式保护了一个人，伤害了一个人，那个我曾经爱过的女子，被我撕得粉碎。

只是不这样做，我怕自己忍不住，我怕自己会做出那件事，那么我和楚阳的未来就没有了。这绝对不可以，楚阳是我人生最后的寄托。

那晚我抱着楚阳，她紧紧地握着我的手，我竟然鬼使神差得像个女人一样问她："你爱我吗？"她握着我的手加大了力度，然后身体向我的怀里靠了靠说："何光，只要你爱我，我就会一直爱你。"

因为她的这句话，我居然对她产生了欲望。她紧紧地贴在我的身上，发出满足的呻吟。我听见她在我耳边说：“原来这个事情也可以这样快乐。”

我却抱着她哭了，因为今天我彻底失去了穆清。而楚阳并不知道这一切，她只是觉得我比以前更爱她了。事实上也是，我为了她拒绝了我曾经心爱的女人。那时我就已经知道，楚阳已经成为我生命中不可分割的一部分，我可以抛弃世间所有，唯独无法抛下她。

甚至连同何生，也因为楚阳的存在而变得无足轻重。

这到底是爱呢，还是最后的赌注呢？赌眼前的这个女人不会抛弃我，会不离不弃陪伴我。因为笃定，所以才敢把所有一切押在她的身上。

第二十三章　云端

早晨吃饭的时候，何生悄声问我："她回来了，你见她了吗？"这时楚阳还没有起床。何生就那样直接地问出了这句话。我继续吃饭，没有理她。

她说："我知道，你去见她了，她跟我说了。"

"你们何时这样亲密了？"我问何生。

她看了看我说："她是我的病人。从云南回来之后，她就一直找我治疗。"

"那么现在的她，怎么样了？"

"这一年她经历了很多，不过这些都过去了。你们原本就不合适，现在这样的关系，对你们两个来说都是最好的结局。"

"我伤害了她，我已经没有脸见她了。"

何生笑了，她说："她理解你，她说你不仅是个好人，还是个好男人。"

我没有想到她会那样想，我那样伤害她，她竟然就这样轻易地原谅了我。

“我不是好人。你不知道我对她说了什么，从昨晚到现在，我一直在后悔。”

“哥，你忘了她的职业。她是作家，她有洞悉人心的能力。她明白你的一切苦衷。你要放过自己，好好活着，这是我们的期望。”

我们正说着话，楚阳起来了。她看起来很累，可能是昨晚折腾太久了，那样的疯狂在我们的生活中是少有的。她体内的某些东西被激活，精力充沛。我们在欲望的世界中寻找到一丝快乐。

那些极致的快乐和极致的痛苦一样，都会给人带来后遗症，让人变得空虚。城市的繁华、上班的枯燥、人心的冷漠，让我们两个小镇青年更加孤独。很长一段时间，我们都沉浸在这欲望的游戏里不能自拔。

楚阳说：“何光，你有没有发现，这座城市虽然热闹，但是没有一分热闹是属于我们的。”

她对于这座繁华都市的亢奋在逐渐消退，这种消退让她变得孤独。所以她总是缠着我，贴在我的身上。我不知道她在找什么。她跟我说：“何光，我找不到自己了。”她一边说话，一边吻着我。

找不到自己了，这不正是我的感受吗？在几个月之后，我们再次体现出了同类的本质。

我们的事业越做越好，也越来越忙。我们常常直播到深夜，经常被金利来带着到处参加活动。甚至还有人要采访我们，不过采访的事情被我们两个人拒绝了。身上带着秘密的人最怕的就是这种活动，而在那群爱我们的粉丝眼中，他们把这一切归结于我们的低调，更加喜欢我们了。我们成了众多新媒体作者关注的对象，打开手机，总能看到各种各样关于我们的消息。

而穆清在那天我离开之后，便在网络上消失了，甚至连同她的书也没有了消息。有几次我很想问何生，到了嘴边又忍住了。就算问到了又怎样，我能改变什么？又能给她什么？难道给她钱吗？她想要的根本不是这个。

金利来果然没有食言，他真的把我们捧成了网红，甚至那些大明星都希望我们可以帮助他们宣传电影和电视剧。我们进了一个从未想过的圈子。

我开始忘记自己的身份，这些吹捧、这些物质的诱惑，渐渐让我变得飞扬跋扈、不可一世。何生总是担忧地看着我："哥，你这样一点都不好。月满则亏，我们收敛一些。"

我竟然同何生生气："收敛？我终于活出了人样，我为什么要收敛？我就是要让那群看不起我的人看看，爷过得有多好！"

不光是我，连同楚阳也和我一样变得虚荣、自傲、不可一世，恨不得把曾经失去的那些面子全部找回来，才觉得人生圆满。

在公司里我亦不把任何人放在眼里，对身边人的那种谦逊消失了，变得暴虐。有一次，化妆师给我化妆的时候弄疼了我，我竟然当着她的面摔了她的化妆箱，甩给她几千元后摔门而去。

我忘记了她只是个小姑娘而已，也忘记了曾经的自己也生活在最底层，金钱泯灭了我的人性。就像楚阳说的，我找不到自己了。只是这时候，我们还没有意识到自己的问题。

我们一边在直播间里扮演着和善的角色，一边目中无人，随意欺负着别人。一边赚着粉丝的钱，一边嘲笑他们。我们已经完全没有了人的样子。

就连金利来和钱银看到我们的时候，都客气有加。我们成了众人心中的神，一次又一次为公司创造了佳绩。我们的戾气和傲慢也与日俱增。

那个懦弱的我被包裹在巨大的虚荣之下，迅速变异，长出了一个奢靡张狂的我。我学会了这个世界上所有消遣的东西，爱上了酗酒、蹦迪。我沉浸在这纸醉金迷的世界里。楚阳比我更甚，她已经俨然成了一个名媛，这虚构的人设让她沉溺其中，不能自拔。

我甚至无法想象，两个月前还为了楚阳放弃了和最爱的女人再续前缘的我，如今竟然会这样堕落。我们回家的次数越来越少，很多时候我都是被何生从酒吧拖回去的。

我们无法回到从前，已经全然忘记了过去。我们的秘密一直都没有被发现。可能就是这个原因，我们才变得肆无忌惮。

何生看着我们放纵自己，总是唉声叹气。她还是一个人，她也已经三十岁了，除了上班的时间，她总是一个人坐在阳台上发呆。没人知道她在想什么，我们也不关心她在想什么。这样的日子过得久了，人就会变得麻木而无情。

楚阳嚷嚷着要考驾照，还拉着我一起。我不光适应了新的生活，还做着这世间一切能够给我带来快乐的事情。我们考了驾照，买了一辆上百万的车。

我们的身体和灵魂全都成了明码标价的东西，我们的生活彻底与过去告别了。只有晚上睡觉的时候，楚阳紧握着我的手，让我们觉得我们与过去还有一丝联系。

元旦的时候，我们在家里开了Party，来了很多圈子里的人。这寂静的房子变得喧闹，如这座城市一样。何生还是像往常一样，冷眼观看着这里的群魔乱舞。她还是坐在阳台上，就那样静静地坐着发呆。我过去想要拉她一起玩，她拒绝了我。她说："哥，你到底在做什么？你再这样下去就废了。"

"何生，你活得太压抑了。你看看我们现在什么都有了，你要快乐一点。”

她又问了我一句：“你真的快乐吗？”

我发现我的眼睛突然变得潮湿：“快乐，怎么不快乐呢！”

我一点都不想和她讨论这个问题，只能放弃拉着她和我们一起玩的念头。等我再想起她的时候，她已经不在房子里了，不知道何时离开的。不光是我，楚阳也没有注意到何生的离开。

喝酒、唱歌、吹牛，放肆地笑，一起数着一二三迎接着新年，我们的快乐和悲伤都在极致的喧闹中被放大。

楚阳看起来喝得有些多。她拉着我说：“何光，你看这城市多好，到处都是声音。但是我不知道为什么总是想起我那死寂的家。”

楚阳一边喝酒，一边靠着我。她的另一只手紧紧地握着我的一只手，像是长在了上面一样。

那些在直播间扮演淑女的女孩，此刻大声地说着脏话，手里夹着烟，化着浓妆，烫着大波浪，声音粗犷。那些平日里看起来纯洁无瑕的女孩，此刻正和他们的男友激吻着，所有的妖魔鬼怪在这场宴会中都现了原形。

这才是我们最真实的样子，每一个灵魂背后都藏着一个故事，每一个故事都藏着一个不为人知的过去。大家聚在一起相安无事，只为寻求这片刻的欢愉。天一亮，我们又回到了那个格子间，继续扮演着各自的角色，把真实的自己再次封印。而当真实的自己再次出来的时候会变得更加扭曲。

这场盛宴一直持续到凌晨五点才结束。何生一夜都没有回来，我打了无数个电话她都没有接。早晨醒来的时候，房子已经恢复成了原来的样子，何生已经做好了早餐。

“你昨晚去了哪里？”我问何生。

她说：“我就在大街上一直走到天亮。我在想这个世界里的人都在干些什么。”

我又问何生：“你做医生这么多年，你治好自己了吗？”

何生说：“医者难自医，我已经习惯这么活。”

她那双眼睛里，除了冷漠，应该还有痛苦。

“那你知道人为什么会孤独吗？”

她说：“没有人是不孤独的，每一个人都会孤独，这并不是什么大事，你只要学会接受它就可以了。”

接受孤独，这是我又一次从何生那里学到的新词。

“你为什么不谈恋爱？不结婚？”

她听见我问这个问题，突然笑了。

“哥，不光是我不结婚，我身边的很多女孩都不结婚了。人总是以为两个人在一起痛苦就会少一半，孤独就会少一半。实际上只是多了一个人陪你孤独，多了一个人陪你受苦而已。”

她的言论大多数时候我都听不懂，但是我就喜欢听她说，好像只要她说了，我就懂了。

“人类总是希望从别人身上得到自己没有的。想要的，实际上没有人可以给你想要的。因为最了解你的人是你自己，能够救你的人也只有你自己。”

“你说得不对。我和楚阳在一起之后，我就对生活生出了希望，你怎么解释？”

“那是因为你们都把自己放在了对方身上。你们两个是活在孤岛里的两个人，唯有百分之百信任对方，你们才能活下去。你们本就是一体，若是有一天你们分开了，你们两个都会消亡。所以一部分人适合婚姻，比如你；一部分人不适合婚姻，比如我。所以我才会担心你，你再这样下去，你曾经费心得到的一切，都会化成泡影的。”

我知道何生说得对，可是，此时的我已经被欲望吞噬了，并没有把她的话放在心上，而是选择了以堕落的生活方式来证明何生是错的。

第二十四章　沉沦

我在这样的生活里一边沉沦，一边惶恐不安。晚上的失眠更严重了，何生给我的药已经渐渐不管用了。我便只能拉着楚阳一起找事做。她看起来比我更沉迷于这场游戏，我们一直玩到筋疲力尽，完全没有力气才会停下来。每一次都在天亮的时候，我才会有一丁点睡意。

最近我总是做一个梦，总是可以梦见王虎，梦见我在广东的那段日子，梦里曾经我那张年轻的脸上，有着和现在一样的张狂。开始的时候，还是模模糊糊的，醒来之后就记不起梦里发生了什么。近些日子，梦里的场景越来越清晰，牢牢地印在我的脑子里。

警车、染红地板的血，我不顾一切冲上去时那种视死如归的表情，纸醉金迷的生活。这些被遗忘的东西，在那次和何生聊天之后，便再次回到了我的记忆里。

对，我好像在经历一场轮回，不知道接下来会发生什么。不过我还是没有办法控制自己的欲望。我只能每天催眠自己，告诉自己，这有什么关系呢？大家都这么活着。不过我忘记了我和别人不一样。我、楚阳，是和别人不一样的。我们是有秘密的人，我们的过去会把我们重新拖入深渊。

十二月初，舅舅打电话过来跟我说外婆去世了，希望我们可以回去一趟。那时候我和楚阳正在直播，挂了电话，我拉着楚阳关掉了直播，奔回了家乡。一年多了，我们走的时候还是春天，回来的时候已经是冬天了。

上海的冬天和家乡的冬天完全不一样,上海的冬天没有雪，风里带着刺骨的冷和黏糊糊的潮。即便是冬日，也能看见到处生机勃勃的。那里的街上种满了四季常绿的植物，要不是大家换上了棉衣，你根本分不清四季。而家乡像是一个被抛弃的人，到处都透着凄凉，大雪落下来的时候，又带着那么一丝纯洁。

我们的保时捷停在村子的柏油路上，村子里的人再次挤满了我们的房子，跟我从监狱回来的那天一模一样。他们聊得很热闹，只是内容全都变了风向，由原来的嘲讽揶揄变成了赞扬和羡慕。

我冷眼看着他们，快速放下东西挤出人群，前往舅舅家。楚阳就坐在我的旁边，她穿得像个贵妇，身上的貂皮大衣一件就几万块，名牌包包衬得她更加贵气了。为了直播效果，她硬是瘦下去了三十斤，原来圆乎乎的脸现在棱角分明，那脸上的高原红淡了不少，倒成了天然的腮红，仔细看倒也算是个美人。

她手上戴着一枚明晃晃的钻戒，有钱人该有的她全有了。我们到舅舅家的时候已经是晚上了。上一次来舅舅家的时候，还是舅舅开着车来接我们的，如今我们也买上了车子，挣回了尊严。

我还记得之前舅妈和表弟嫌弃的眼神，若不是因为外婆，我是万万不会去他们家的。而这一次，他们对我们的态度完全变了，热情得让人不适应。这次葬礼同样是在农村，同样是在那间老屋子，那个安置过李淑芬的地方，现在又安置着外婆。她安静地躺在棺材里，看起来跟活着的时候没有多大区别，就像只是累了，睡着了一样。她离开的时候应该没有受罪，才会显得如此安详。不像李淑芬离世的时候，已经没有了人样。

我跪在外婆跟前，伸出手摸了摸她的手，很凉，完全没有一点温度，她真的死了。这一刻她应该是快乐的，她终于不用再承受这世间的疾苦了。我们原来是一个阵营的人，如今她丢下我而去，我只能紧紧地抓住楚阳。

很多次，我差点上了别的女人的床。但我想起了李淑芬，她这一生就是被何正强毁了，我想起了陈埃和黎忆，我想起了楚阳和那个男人。想到他们的时候，我就会失去所有兴趣。

纵然我不是一个好人，但是一定不能让那些悲剧在我身边重演。我只能选择爱楚阳，而她也是唯一适合我爱的女人，因为我们分享了彼此的秘密。

她此刻就坐在我的身边，紧紧地握着我的手，在我耳边说：“想哭，可以哭出来。”

我竟然真的哭了，哭得死去活来。众人被我的哭声感动了，又有更多的人加入到哭丧的行列之中，院子里一片悲戚。

楚阳被我的哭声感染，亦是泪流满面。不知道众人是因为什么而哭，而我一定不光是因为外婆离世。我在想李淑芬，在想我这悲惨的人生，在想这些年的起起落落，甚至在为以后要怎样继续活下去而忧愁。

这么多年，无论发生什么事情，我都不曾像今天这样放肆地哭过。外婆给了我一个理由，让我为这些年积攒的所有悲伤找到了一个发泄口。哭到最后，我甚至浑身没有一点力气了。我把身体里所有的能量都通过眼泪释放了出去，多年来积攒的悲伤，争先恐后地在这一刻爆发。

男人的眼泪最是动人，我哭丧的视频，竟然又一次在网上火了。不知道是谁发到网上去的，为此我们的账号又一夜之间涨了近百万的粉丝，激动得金利来差点跑过来抱着我亲吻。

外婆被埋在了李淑芬的旁边，李淑芬的坟已经由新坟变成了旧坟，杂草丛生。她们母女终于相聚了，外婆再也不用承受失去女儿的痛苦了。她们应该会相遇吧！又或者一碗孟婆汤下去，前世今生都会消散，那也是个不错的结果。我莫名地羡慕起了她们。

人的一生就在这一抔黄土中结束了，不管你活着的时候怎样辉煌，死后都会放进这个木盒子里，躺在无尽的黑暗中。

这两年，我送走了一个又一个亲人，在这一场又一场的生死轮回中，我似乎参透了人生。

我想起了何生曾经对我的规劝，这一场葬礼，让我知道了人生在世应该善待自己，不必那么累，不必把自己伪装成别人喜欢的样子。

只是我没有想到，我还没有来得及改变自己，秘密就暴露了。这一天终于来了。相比楚阳的惊慌失措，我内心更多的是踏实和坦然。

外婆的葬礼结束之后，我们回到了家乡，给何正强在镇子上买了一套四合院，全款付。镇子里、村子里关于我和楚阳的新闻再次蔓延，我们成了众人心中有出息的人。大家见了我们总是一脸堆笑，客气有加。

晚上我们躺在家里的炕上，炉子烤得整个房间热烘烘的。那个一到冬天就要挨冻的时代已经过去了，我想要的一切，已经全部拥有。

楚阳说："何光，谢谢你，让我体验了一回做人是啥感觉。"

"人和鬼谁能分得清。"

"还是做人好啊！做鬼连阳光都不敢见。"

没有了城市的喧嚣，整个世界只剩下了我们自己，反而有诸多不适应。楚阳一直拉着我说："太静了，总觉得不对劲，好像有什么大事要发生。"

我把她拉进怀里，让她依偎在我的身上，她渐渐放松下来。

天亮了，村子再次活了过来。楚阳抱着我说：“我突然想给你生个孩子了。”

我摸着她的小脸说：“好啊！或许我们真的应该生个孩子。”

早晨吃饭的时候，何正强跟我说了一个让人震惊的消息：黎忆走了。他们终究还是离婚了。原来陈埃老实了一段时间之后，老毛病又犯了，这一次又被黎忆逮了个正着。陈埃又一次跪在地上，乞求黎忆的原谅。可是黎忆已经对他死心了，这不是旧社会了，离婚已经不是一件新鲜事了。

陈埃的家散了，听说他整日酗酒，我很想去看看他，又觉得他应该是不想看到我的。这一切发生得太迅速了，两年前，我还很羡慕他的幸福，如今却全部消散了。只是可怜了那个孩子，唉！

还未等我回到上海，钱银的电话就打来了。他让我快点上网看新闻。我把车子停在路边，打开手机看见头条赫然写着几个大字——《杀人犯翻身做网红，这个行业的底线在哪里？》

该来的终于还是来了，我都以为它不会来了。

我忘记了我是怎样将车子开到上海的，我只知道，我拥有的一切即将消失。楚阳反而比我淡定许多，她说：“够本了，这一生能这样活一回，也不错。”

她那紧握着我的手充满了力量。

第二十五章　地狱

楚阳靠着车窗，看起来也是精疲力尽。我们的车子刚到公司楼下，金利来的电话就过来了。他听起来比我还焦虑，平日的温和全然不见了，愤怒而焦急地问道：“到哪里了？还不快回来收拾烂摊子！”

我说：“到了，马上上来。”

我们进了大楼，电梯刚打开，就看见金利来那张黑着的脸和钱银那张失意的脸。“你们跟我过来。”金利来冷漠地说。我们跟着他们一起进了公司。公司的小格子间里时不时有人从里面出来，看着我和楚阳。那表情应该怎么形容呢？有得意，那得意里好像又有一分悲凉。所有人都似乎是这样的表情，除了我们前面走的这两个人。他俩脸上写着生气和暴躁，还有焦虑和失意。

办公室终于到了，我还能记得第一次来这里的时候的拘谨，不过一年多的时间，我们这场华丽的梦就碎了。

金利来一屁股坐在他的皮沙发上，有些疲惫地问道：“说说吧！怎么回事？”

我不知道他在问什么，茫然地看着他，没有说话。

他看起来极不耐烦：“你他妈的倒是说说，网上的爆料是什么意思？”

“我不知道。”我说。

楚阳看金利来突然翻脸，显得有些不适应。她的嘴巴又开始动了，她又开始讲故事了，她这个故事讲得前言不搭后语。

金利来显然被吓到了：“他妈的，什么玩意，这到底是两个什么玩意！”

我把楚阳拉到了身后，看着金利来说：“你想知道什么？正如你所想，我曾经是个杀人犯，白刀子进去，红刀子出来的那种！”

我对着他疯狂地笑。金利来看起来被吓得不轻，态度没那么蛮横了。站在一旁的钱银，趁机过来拉过了我和楚阳，让我们先坐下，不要激动，大家好好想想怎么处理这件事。

我看着钱银问道：“你们想怎么处理？”

我没办法看到自己的眼睛，那里应该有让人恐惧的东西。我看见钱银说话哆哆嗦嗦的，半天才把他那句话说明白。

金利来已经从刚才的失态中恢复了过来，他站了起来跟钱银说：“这事你们处理吧，我晚上还有事，先走了。”我看着他落荒而逃的样子，觉得又可笑又难过。

那天晚上，我们并没有商量出来什么对策。只是我终于了解了这件事的来龙去脉。原来一切起因是外婆的那场葬礼，我失声痛哭的视频在网上火了，到处都是《知名网红因为外婆去世崩溃大哭，疑似作秀》的新闻。

这个帖子不知道是谁最先发出的，一夜之间传遍了网络。接着有神秘人爆料：这个网红曾因杀人入狱十年。这个消息一出，那些了解我的过去、等着看我再次被打入地狱的人闻风而动。多名知情人证实了这条消息，关于我的过去被一点一点挖出，包括我们曾经的奢靡生活，还有那个因为我丢失了工作的化妆师，都从网上被曝了出来，大有不把我置于死地绝不罢休的架势。

甚至连同楚阳的过去一并被挖了出来，而爆料人就是当年楚阳深爱的那个男人。那些曾经喜欢我们的人，全部都变了脸，不堪入目的脏话，充斥在我们身边。

那个神秘人知道我的一切，我悲惨的童年，我那没有尊严的过去，我因为杀人而入狱的细节。他应该是我最熟悉的人，我却想不起来那是谁。我不知道谁会这样恨我。我记得那个神秘人说了一句：“他从淤泥里爬出来，却还能活着，并且活得比谁都好。他做了那么多坏事，依然可以拥有一切。这个世界到底是怎么了？”

这应该是那个人的原话。

那个化妆师不仅发了文章，还把那天我砸了她化妆箱的照片和我甩给她钱的照片也一并发了出来。除此之外，她甚至还有视频，我狂躁的声音从她的手机里传了出来，她那时哭得梨花带雨。仔细看看，女孩长得眉清目秀的，还是个美女。那时候，我并没有注意这一切，甚至没有正眼看过她。

很多人都同情她的遭遇，她的账号在短时间内迅速积累了一批粉丝，像极了当初爆红的我。

只是那个爆楚阳料的老男人并没有达到他的目的，网友们虽然喜欢八卦，但也爱憎分明，把那个渣男骂得无处遁形。我的形象塌了，大家倒是非常同情楚阳，认为她年少的时候遇见渣男，长大之后又嫁给了杀人犯。

面对这样的网络暴力，我一点招架之力也没有，只能躲起来，窝在何生的房子里。楚阳要去解释，我拉住了她。

“求你，不要解释，一个字都不要说。”

她走过来抱着我，我靠在她的怀里，我们又成为相依为命的两个人了。这时我很庆幸，庆幸自己没有放弃原则，没有伤害这个对我不离不弃的女人。

何生听说了这件事，却表现得很淡定。她说：“这样也好，这样也好，这是你们最好的结局。”

她给我开了安眠药，我吞了药，躺在床上睡了过去。我很少像今天这样踏实入睡。

再次醒来，已经是一天之后了。何生看见我醒来，说：“哥，你都睡了一天了，想吃点什么呢？我给你做。”

“吃什么都行。”

这时候楚阳走了过来，她的状态恢复了不少，今天没有化妆，脸很素净，穿着一件普通棉布睡衣，又回到了从前的样子。那金钱带给她的虚荣，一夜之间从她的身上消失了，像是从来没有存在过。

楚阳说：“要不吃饺子吧！”

我说：“都行。”摇晃着从床上下来，向着卫生间走去。我伸出手摸我的手机，却怎么摸也摸不到。

“我的手机呢？”我问她们，她们支支吾吾地不说话。

我又问了一遍：“我的手机呢？”

她们还是刚才的样子。我不知道为什么突然就暴躁了起来，冲着她们喊：“老子的手机呢？”我能想象我当时的表情，应该像个暴徒。楚阳从被子底下摸出了我的手机，递了过来，她看我的时候，眼底有一丝恐惧。

在拿到手机的那一刻，我的理智又回来了。我打开手机看着那一条条道听途说的消息，还有人分析我的人格，有人同情我，有人谩骂我。在我账号后台混杂着各种各样的留言。

他们写的最多的留言就是：“你这样的骗子、杀人犯，就应该处死。”

他们一边审判着我，一边化身正义的使者，维护着世界的正义。

“处死”就那样种在了我的脑子里。到了第三天，关于李淑芬的一切也被挖了出来，大众又开始各种分析。文章四处乱飞，那些捕风捉影的消息满足着大众的猎奇心。

当年的谣言再现，我知道这一切的背后有一双推手，但是我不知道该去找谁。我的电话被何生扔掉了，她说，唯有斩断过去，才能重新开始。

可是我已经无法重新开始了。

这些谣言、那些无法改变的过去、这得到又失去的名利、这人世间的一切，对我都没有了意义。

我能想到的唯一的出路就是死。我死了，这一切就都结束了。但是在死之前，我该做点什么呢？我要安排好一切，才能死得安心。

从厕所出来，我已经恢复了平静。我跟楚阳说，我们晚上就吃饺子。我们一起出门去买了饺子皮，回到家里的时候，何生已经调好了馅。我们三个坐在灯光下包饺子，像普通人一样，过着简单而平凡的生活。

她们看见我逐渐变得正常，长舒了一口气。热气腾腾的饺子出锅了，我们围着桌子一边吃饺子，一边看电视。我曾经无数次幻想过这样的生活，想要拥有这样一个家，没想到在我生命的最后几天竟然实现了。我觉得异常快乐，当我做出死的决定之后，所有的痛苦竟然奇迹般地消失了。

饭后，我跟何生和楚阳说："我要去一趟公司，把我们的离职手续办好，我们还有两个月工资没有拿到。"

消失了几天之后，我再次出现在公司里，这引起了不小的轰动，因为这两天金利来找我找得都快疯了。

我刚进公司就被钱银拉进了一个房间，房间里除了金利来之外，还有一个女人。钱银跟我说："这是我们公司的公关经理，这件事我们还有翻身的可能，只要你肯听我们的，一切都还有机会。"

"可是我不想干了，我不想要这个机会。"

"你和公司有合同，除非我们辞退你，不然你主动辞职的话要对我们进行十倍赔偿。"

"十倍是要赔多少？"

"你赚的钱不够赔的。"

"那你们说说你们的计划。"

当我决定自杀时，我突然变得从容而冷静。我想看看，他们要做什么。

那个坐在一旁的女人说话了："我已经看了网上针对您的言论。关于您的童年、您的家庭，我觉得我们可以讲讲这些故事，大众能理解你的。再说当年杀人也不是你的错，你的身世是你逆风翻盘的机会。”

“机会？我要说什么？要说我妈是个婊子，我后妈是虐待狂，我爸是个家暴者，而我是个可怜虫吗？”

“这些都是事实，卖惨一定能够让你重回以前的风光。”那个女人自信地说，“我操作过这样的案例，每一次都能成功，只要你们诚恳一点。”

“我要是不呢？”

“那你们就等着吃官司吧！”

“那我的钱呢？”

“你的钱？公司培养你花了多少钱，你才干了多久就要走，你还想要钱？”

“那我的账号呢？”

“账号也归公司，当时合同上写了。”

金利来用居高临下的眼光看着我说。

“那就是说，如果我不按照你们说的做，我就什么都没有了，是吧？”

“如果这样，我就给何生买不了房子了。”我在心里盘算着，这是我死之前唯一的大事。这时我突然计上心头。

“好，我答应你们，在直播间卖惨。但是只能是我一个人直播，楚阳不能出镜。”对面坐着的三个人心满意足地笑了起来，好像早已料到会是这样的结果了。

他们离开了房间，我听见那个女人在门口说：“没有人能抵御得了金钱的诱惑。他这种人根本没有底线，别说出卖爸妈，就算是用老婆换钱，他都愿意。”

我坐在原地笑了起来，你们等着，这一切你们终究都要还回来的，不要以为有钱有权就可以操控一切。

第二十六章　原点

挣扎了许久，我的人生又回到了原点。若是那一天李淑芬没有给我打那个电话，或许这一切早都结束了。

来到魔都的这一年，发生的这一切真是魔幻极了。

电话响了起来，是何生打来的。她看起来很担心我，问我在哪里，为什么还不回家。

我从沙发上站起来，走出房间。格子间里还能看见那一群和我一样的小伙伴，他们为了生活在努力扮演着自己都厌恶的那个人。

出了大楼，看见漫天飞舞的雪花，这座常年不下雪的城市。竟然下雪了。我沿着街道一路前行，雪花落在我的身上，迅速消融。有人看着天空飘下来的雪花，快乐地尖叫着。我停下脚步，看着他们快乐的样子，那是这个世界上最难得、最简单的快乐。他们看见我在看他们，有些不好意思，停止了刚才的行为，拉着旁边的人走了，边走边伸出手，去接天空飘下来的雪花。尽管什么也没有接到，但是他们的笑声、他们的快乐却是那样真实。

看着他们，我的嘴角不自觉地跟着上扬。没有想到在生命最后的日子里，我还能有机会感受一次快乐。

这一场雪成了这座城市里人的一次集体狂欢，大家新奇地看着这场雪。虽然这雪像一场幻境，会很快消失，但是他们依旧因为这场雪而欣喜着。

我打电话给楚阳，跟她们说："上海下雪了，你们要不要出来看看？"

听见我有这样的闲情逸致，这两个女人显然很开心。我站在一座高架桥上点了一支烟，看着城市里的高楼大厦、车水马龙。不知道这座城市的人是否快乐，会不会有一刻也像我一样，觉得活不下去了。那他们又因为什么而选择活着的？我像一个哲学家一样思考生死的问题。

楚阳和何生裹着大棉衣很快就来了，她们也像孩子一样，在这一场大雪中手舞足蹈，两个人一前一后地奔跑着。我站在一旁静静地看着，这就是我一生所奢望的。这就是我一生想要却得不到的最简单、最平凡的生活。

楚阳把一条围巾围在我的脖子上，说："你看看你，脸都冻红了。"

我伸出手，摸了摸她的手。瘦下来的楚阳像一个孩子，一个长不大的、可爱的小女孩。有那么一瞬间我觉得自己可能做错了，只是此时还有退路吗？好像已经没有了，我必须尽快结束这一切。

我看见远处的何生拿着手机对着我们，她把她拍下来的照片发给我。照片里我和楚阳像一对普通情侣一样，她仰着头看着我，我伸出的手刚好遮在她的头顶，我们身后是高楼大厦，天空飘着雪花，一切甜蜜而唯美。

楚阳看着照片傻傻地笑着，她说："何光，我们回家吧！我们回农村去吧！"

我说："好啊！我处理好这一切，我们就回去。"

我们三个沿着这条长长的马路一路向前，像是要走进一个新的世界里。

何生说："马上要过年了，要不我们回老家过年吧？"

我没有接何生的话，楚阳像是在想着什么。

"何生，你以后打算怎么办？要一直待在上海吗？"我问何生，我终究还是放不下她。

何生说："对我来说，在哪里都一样。我在这里有很多病人，我不能离开。这座城市里隐藏着很多和我们一样的人，他们在努力生活着，伪装得和正常人一样，这个世界有一半人是我们的同类。"

"那你就打算这样过一生吗？"

"活着，活到没有人需要我的那一天再说。"何生说完这句话，转过头看着我。她好像察觉到了什么，但是什么也没有说。

雪渐渐小了，城市还是原来的城市，刚才众人的那场狂欢结束了，城市再次恢复了宁静。

我们回到家时已经凌晨了，三个人就那样在街上走了几个小时，没有一个人觉得累。

房间一如既往地安静，这时楚阳才想起来问我："你今天去公司，他们怎么说？"

这事被突然提起，我把早已编好的话告诉了她们。

"金总说给我安排一场直播，说说现在的情况。那么多人喜欢我们，这事应该很快就会过去，况且我们后面还有公司。不过我已经跟他们说了，我不干了。"

"他们怎么说？"楚阳问我。

"他们说可以的，只要做完这场直播就好。"

楚阳听我这样说，便没有再多问。她走过去坐在沙发上开始看电视。何生就站在我的对面，她就那样盯着我看。

"你在看什么呢？"

她说："你这个样子像极了一个人，一个我的患者。"

"怎么像了？"

"像她决定自杀前的平静。她那天来找我说，她已经找好治愈自己的方法，以后不会来了。她那时的样子，就像你现在这样。"

谎言被拆穿的那一刻，我多少有些慌乱，但随即便镇定下来，笑了起来，尽量让气氛看起来缓和一些。

“你个小丫头，怕是做医生做傻了吧。一天天胡思乱想。”

她又说了一句：“我若是连你都救不了，那我就不做这医生了。”

当时我并没有认真思考她的话，只是随意地敷衍了过去。我想着明天要去忙给她买房子的事情，今天已经有中介给我打电话了，明天我要过去看看。让她有个家，我也就放心了。

正在我们说话的时候，楚阳突然飞奔着跑向了卫生间，狂吐不止，不知道是怎么了。我有些担忧地看着她，希望她以后好好的。而此时的我只想着快速结束这一天。

我已经无法睡觉了，何生的药已经不起作用了。我把楚阳抱上床，看着她睡了，一个人坐在房间像以前一样等着天亮。我回忆着自己这一生，没有找到一点继续活下去的价值。我这样的人，就这样死去可能是最好的归宿。

我再次打开手机，网上的言论还在继续发酵着，因为我们没有任何回应，公众显得更加愤怒了。我的工作微信里充斥着各种各样的暴力言语，我闲着无聊就开始回复那些辱骂。

我给他们每一个人都发了一句：你才是杀人犯，过两天你就知道了。不相信你等着看。

我想象着他们收到这条消息时惊慌的样子，心情舒畅了不少。

天亮了，又是新的一天，我约好了中介看房子。楚阳又恢复了正常，何生去上班了。我把给何生买房子的计划说给了楚阳，没有想到她竟十分开心，还说要跟我一起选房子去。

钱银打电话给我说："直播的事情已经在宣传了，消息发出去一天，预约观看人数已经一百万了，你好好准备准备。"他的声音里有一种劫后余生的庆幸。

我说："好啊，我知道了。"

我帮何生买好了房子，四百多万，房子不是很大，但是足够她一个人住了。我把房产证悄悄放在她房间一个隐秘的角落，特意交代楚阳不要告诉她。

楚阳答应了帮我保密。我怕何生发现我的秘密，她总是能够一眼看穿我所有的伪装。等我走了再交给她，更稳妥一些。

晚上我坐在房间里写遗书，还剩下的几百万全部留给了楚阳。这一年寄给何正强的钱，应该够他们生活了。安排好这一切，我感受到了前所未有的轻松。

只是我没有想到，穆清会再次出现在我的生活里。她应该是看到了网上的消息。她发微信给我："何光，你要好好的，过年的时候我会去看你。我现在在西藏一个很偏僻的村子里。当你走出来之后，你就会发现，我们受的那点苦什么也不算。"

若是以前，我必然会为她的这些言论而动容。只是此刻，已经没有什么可以救我了。因为从杀人入狱的那天起，我就感觉自己被世界抛弃了。出狱之后，我试着充满希望地活着，却依旧活不出个样子，大家用嘲讽和谩骂一次又一次把我逼向绝路。来到上海之后，我以为我重生了，还有机会做个人。谁知道那铺天盖地的骂声来了之后，尤其是他们把我从里到外全部扒得干干净净，那些曾经结痂的伤再次被揭开，血流不止，再也好不了了。我就知道，我什么机会也没有了。

直播被安排在三天以后。我已经准备好一切，我要让所有人都成为凶手，让他们一生都无法心安，让这群看客得到应有的惩罚，让这些不把我们当人的资本家付出代价。

准备直播的那天早晨，我给何正强打了一个电话，他正在街上准备年货。

我跟他说："何正强，你要一直活着，好好活着，为你曾经造的孽赎罪。"

电话那头喧闹至极，不知道他有没有听清楚我在说什么，挂电话的时候，我听见他跟柳百合说："光子的电话。"柳百合说："叫娃回来过年。"

我的心像是被什么扎了一下，那细微的痛传遍了全身。我看了看还在睡觉的两个女人，出了家门。

那天天气很好，太阳很耀眼，那天空像极了我从牢房里出来的那一天。

第二十七章　绝境

如果生命真的只剩下最后一段时间，你想要做什么？我发现我什么也不想做，很平静，从未如此平静过。生命里那些曾经认为最重要的人，都变得不重要了。那些伤口、痛苦、希望、欲望，全部都不见了。

这样的状态让我觉得很快乐，不对，准确来说是一种即将要解脱的轻松。一种无欲无求、无嗔无痴、无我无念的状态，类似那种看透一切的感觉。当然，这是我准备自杀时候的感觉，死亡真正的感觉是什么样子，我并不知道。

我开着车，就是我买的那辆豪车，穿过这座城市的大街小巷来到了公司。

到达公司的时候已经早上十点多了。我不知道的是，楚阳此刻又在经历呕吐的折磨，也不知道她此时正在医院。

金利来和钱银已经早早到了公司，我们能不能打个翻身仗就看今天了。他们看起来很激动、很开心，不知道一会他们还能笑得出来吗？若是我死在他们的面前，他们会不会因此而愧疚一生?

我发现我想错了一件事，我并不是神，而是魔鬼。所以才会策划这样一个局。我的骨子里和李淑芬一样，自私、冷血、残酷。

我走进了格子间，坐在直播室，助理进来帮我搞定了直播前的准备工作，还贴心地给我放了一包卫生纸。开播之前，给我们公司做公关的那个女人跟我说："你一会要哭，并且哭得要真，这样大众才会同情你。"

直播开始了，我出现在镜头里，脸煞白，更瘦了，这种瘦让我在镜头里更帅了。直播间已经非常热闹了，不过几分钟的时间，观看人数已经破十万了。那些藏在暗处的妖魔鬼怪都出现在直播间了。那句"杀人犯，你怎么还不去死"，满屏在飘。我就那样静静地坐着，朝着他们露出了少见的微笑，就那样看着他们表演，看着他们尽情地发泄着自己的情绪。想来他们的生活应该也很不容易吧，才会像老鼠一样藏在网络的背后，对一个并不熟悉的人发泄不满。

亦有个别人的留言还带着一丝温情，比如"一看到他这么帅，我就想原谅他了"。

我还得感谢我的这副皮囊，若是没有这副皮囊，我可能连这最后一丝温情都得不到了。我已经坐了十分钟了，还没有开口说一句话，我默默地接受着大众对我的审判。

金利来拉开门进来了，他跟我说 ：“赶紧开始，别干坐着了。”他这时候看起来没有前面那么轻松了，脸上有了焦虑。因为当我坐在这里面对着镜头，很多东西变得不可控了，这对他来说很危险，所以他跟我说话的时候，语气柔和了不少。

“你们都觉得我应该去死是吗？”

下面都说“是”。

我接着说：“你们说得对，我是杀人犯，我应该去死。不过我告诉你们，过了今天，你们这里所有人都会是杀人犯！”说完这句话，我哈哈哈地大笑了起来。金利来看起来更慌乱了，那个女人和钱银也推门进来了，狭小的空间里挤满了人。金利来惊慌失措地大声问道：“你想做什么？”

“我想做什么你不知道吗？你们不是让我死吗？你不给我工资，也不同意我离职，我不知道该怎么做，或许死在这里挺好的。”

金利来慢慢地冷静了下来，毕竟能够成为这么大公司的负责人，也是经历过大风大浪的。我的威胁对他并没有起到什么作用，可能他觉得我是不会死的。

他说：“跟老子来这套？那你死吧！死快点！”

我又看了一眼直播间的弹幕，全是“快死吧！死快点”“又来这一套，还有没有新鲜的招？你要是舍得死，早死了”。

我缓缓地从口袋里拿出那瓶安眠药，还把从网上买来的敌敌畏拿了出来。这样双保险，我一定要真死了才好。

我看见直播间开始静默了，有人喊了一句：“他真的要自杀，快打110！”那群人变得慌乱了起来，此时直播间已经近百万人了。我把那一整瓶安眠药倒进了嘴里，刚拿起敌敌畏准备喝的时候，钱银跑过来打翻了我的药。我含在嘴里的安眠药无法下咽。我被钱银控制住了。金利来站在我的面前，他看着我，失望极了，那神情应该是痛苦。他把手伸进了我的嘴里，把药一颗一颗地掏了出来。我的牙齿把他的手咬出了血印子，可他还是重复着刚才的动作，最后他手里的血流进了我的嘴里。这时他们才腾出手把直播关了。

我痛苦地闭上了双眼，我连死这样简单的事情都搞砸了。我被拉出了直播室，楚阳和何生飞奔了过来。她们两个就那样看着我，眼神里都是悲凉。

楚阳的哭声响了起来，她扑进我的怀里紧紧地抱着我，在我耳边说了一句：“你要当爸爸了，你儿子差一点就和你一样，没法拥有完整的家庭了！”

我的手被钱银放开了。我呆呆站在原地，一时间还无法从这魔幻的现实里走出来。

从上海离开的那天，在医院门口我看见了穆清。她看起来风尘仆仆的，应该是在网上看到了我的消息。

楚阳看着穆清，又看了看我，悄悄地抬起手挽住了我的胳膊。穆清看着我笑，她的笑容依然让人如沐春风。我们之间的关系变得很奇怪，应该不是爱情，而是一种超脱爱情而存在的牵挂。

她比之前黑了不少，衣服看起来已经很久没有换了，头发有些油腻，看起来很沧桑。不过那笑容盖过了所有的缺点，让她看起来散发着光芒。

她说："活着呢？"

我说："嗯，没死成。"

她又看了一眼楚阳，说："这就是你的妻子？"

我说："是呢，这是我妻子楚阳，我们有孩子了。"

她惊喜地问："真的？你有孩子了？"

"对呢，我有孩子了。"

她一边看着楚阳的肚子一边说："真好，真好。你好好活着，你活着就好。我还有事，要先走了。"

我说："好，再见。"

她转过身走了，步子迈得很大，很快钻进了一辆车里，消失在车流之中。

楚阳看着远去的穆清，始终没有多问一句。

何生带着父母已经先回去了，我和楚阳也挥手挡了一辆车，回了何生的住处。

回到家里的时候，何生和柳百合已经做好了饭，家里飘着饭香。他们看见我们进门，很自然地接过行李。

我们一家人围在一张桌子上吃饭，饭桌上很安静。大家对我都是小心翼翼的态度，好像我是个易碎的瓷娃娃。我知道他们在等我表态，我便如了他们的愿。

“我会好好活着的，你们不必这样，我也没有真想死，就是吓吓他们。”

何正强听见我这样说，赶紧附和道：“那就好，那就好，以后可别再做傻事了。”

楚阳安静而专注地吃着饭，柳百合忙里忙外的，还没有上桌。何生一直盯着我，可能想从我的神情里判断我是否在说谎，看得我心里慌慌的。

“神经病，吃饭，老盯着我干吗？”

何生突然笑了：“你这个样子，确定是不死了，我放心了。”

她起身进了房子，把房产证摔在桌子上说：“我不要你的房子，我就住这里就行。”

“为什么不要？你为什么不要？我是你哥，给你的房子，你为什么不要？”我的情绪又开始不受控制。

何生叹了一口气，又把房产证收了起来，再次回到了餐桌上。这时柳百合也坐了下来，她看着何正强问：“我们啥时候回家？”

何正强看了我一眼，说：“你们跟我回家吧！今年在家过年。”

我转过头看着楚阳：“回不回？”

她说：“回。回去再也不出来了！”

何正强听见我们要回家，脸上难得有了笑模样。又问何生：“你呢，你啥时候能回？”

何生说：“那就明天一起回家。”

在城市的生活就这样结束了！我们落荒而逃，可能这个地方压根就不适合我们。工作微信我再也没有登过，原来的电话卡在离开的那天也扔掉了，那辆车留给了何生。

我们拖着几箱子的衣服去了火车站，这就是我们这一年的战绩。

楚阳站在车站口，看着上海这座城，跟我说：“我们这样的人，更适合农村那样的环境。”

她看起来很累，走不了几步就气喘吁吁的，呕吐不止，十分辛苦。我一边拖着行李，一边拉着她上了火车。

她问我：“你想要个男孩还是女孩？”

其实这个问题对我一点都不重要。我一直在想，我们两个能否当好这个父母，能给予他什么？

“都一样。你休息一会，到了我叫你，我们可能要坐很长时间的火车。”

楚阳紧紧地靠着我，何生在另一节车厢，何正强和柳百合也在另一节车厢。这是我有意安排的，我并不想和他们坐在一起。我们本应是最亲的人，彼此之间却总是有一层隔阂，虽然看不见、摸不着，但是它却实实在在地存在着，让人难受。

楚阳瘦弱的身体因为怀了孩子而更弱了，与她和我刚认识的时候完全不一样了。瘦下来的楚阳甚至比穆清还要美上几分。因为共同经历了那些事情，我们之间的感情变得更加深厚，无法分割。

她就那样悄悄地住进了我的心里，把所有人都挤了出去。我爱上了我的妻子，在经历了这么多事之后。这对我来说，是一件十分值得欣喜的事情。

她自言自语的毛病好像已经消失了。尤其怀孕之后，她几乎不怎么说话了，看起来虚弱得很，好像随时要离开我一般。

在火车上的十几个小时，她熬得很艰难。我紧紧地把她抱在怀里，旁边的人用异样的眼光看着我，像是看怪物一样。可能他们认出了我是谁，我听见他们在低语什么。不过这些好像不重要了，就算此刻有人站在我的面前大骂我，我都能够忍受。

因为我要当爸爸了。我把他带到这个世界，就得为他负责。我不能成为李淑芬那样自私的人，不能让我的孩子重复我的人生。想到这些，我就会变得平静，我能感受到我脸上的表情也跟着变得温和。

有人用手机对着我拍。我松开楚阳，走过去站在那个姑娘面前问：“你在拍什么呢？”

小姑娘有些惊慌，而后又迅速镇定了下来，把手机拿给我看。

在小姑娘的手机里是我和楚阳相依而坐的照片。

我跟她说：“删了，把照片删了，不要乱发。”

那姑娘不解地看着我问：“为什么？你是明星吗？还是你抱的是别人的妻子？”

我说：“你上网看看就知道了。不要发，删了，知道吗？”

她看起来被我吓得不轻，真的删了照片。我又回到了座位上，楚阳正托着下巴看着窗外，我记得她来的时候，也是这样看着窗外。

“后悔吗？后悔嫁给我。”

“不，一点也不。”她笑着跟我说，那笑容很苍白，夹杂着很多情绪。

“我们以后就生活在农村，我继续开快递公司，你给我帮忙就行。”

“好啊！”

“你还记得我们第一次见面吗？”

“当然记得，你和何生来理发。那时候的你看起来很忧郁，你那忧郁的气质让你看起来独特极了。”她边说边笑，我跟着她的回忆一起回到了过去。

同样的日子，再次想起来的时候，感觉完全不一样了。那些曾经的痛苦变得越来越淡，最后只剩下美好。

楚阳一边说，一边向我怀里又靠了靠。

她还是很会讲故事，我们成了故事里的人，她一边讲，一边笑。我们像普通的恋人一样，坐在一起回忆着过去。火车在飞速前行着，上海的生活在我们的记忆中逐渐模糊，我们的人生又一次重启了。

我怎样也不会想到，我能拥有这样一段时光。这两年我日日惶恐、夜夜难眠。人虽然从那个地方出来了，可是我的心还是被囚禁着，并没有得到解放。这次真正经历死亡之后，那个牢笼突然之间被打开了，消失不见了。我感到了前所未有的自由，我仿佛不再是我，变成了另一个人。

楚阳跟我说："何光，你现在温柔的样子，让我很恍惚。"

我笑着把她拥得更紧了。她就那样乖巧地靠在我的怀里，享受着这短暂的幸福时光。因为我们都知道，回到村子，还有一场暴风雨等着我们。

火车终于停了，楚阳一路上一直在吐，我从来不知道怀孩子会如此辛苦。她看着我担心的样子，拍拍我的脸说："老公，别怕，每个女人怀孩子都是这样的。"我这才安心了一些。

那天下了火车，我并没有先回家，而是带着楚阳先去了医院。我真的变了，不仅害怕自己会死，还害怕我身边的人会死，最怕的就是楚阳离开我。我这一生被很多人伤害和抛弃，唯独她不离不弃。虽然我们在一起的时间并不久，但我曾经奢望的那一切，都是她给我的。

何正强和柳百合先回家了，何生坚持要陪着我。她还是喜欢上下打量我。小时候她总是陪着我，从那里出来之后，她经常会给我说各种莫名其妙的话。我自杀没成功之后，她总是喜欢盯着我上下看。我不知道她在看什么，眯着她那细长的双眼，一脸冷淡地看着我。我问她："你在看什么？"她说："我在看你是不是我哥。"

总之她变得很奇怪。可是只要能够看到她我就很安心。

楚阳被安排进去做检查了，我和何生就在医院的椅子上并排而坐。

何生说："哥，其实我也死过。"

她的声音就那样穿透我的耳朵，同时穿进我的心。她又说："听说死过一回的人更能看清这世界，你看清了吗？"

"我记得你曾经说，你不相信我们只能过这样的人生。这就是我现在的想法。"我对何生说。

她笑了，然后说："那是我骗你的，为了让你对生活产生希望。"

"不论是谎言还是真理，只要对一个人有用，它就是对的。"

何生又用她那细长的眼睛看着我，然后说：“哥，我治好你了，我终于把你治好了。其实你病了很久，我一直很担心你。”

我这才想起她是一名心理医生，想起她夜夜发视频跟我说的那些莫名其妙的话，想起她给我配的花花绿绿的药丸，总是想着法子骗我吃。

“谢谢你，何生。那你呢？你能治好自己吗？”

她说：“哥，我知道怎么活着，我已经学会原谅这个世界了。我能治好你，或许你可以用幸福生活治愈我。”

她说得很轻松，那张不施粉黛的脸终于有了一丝情绪。我看见她眼角的细纹了，猛然想起她都三十岁了，童年离我们已经那么远了。那些苦难也离我们越来越远，有时候，都感觉那些苦难只是我臆想出来的。

楚阳从检查室出来了，医生说一切都好，回家养胎就可以。听到这个消息，我才真正放心了。

我们再次回到了这个荒凉的地方。夕阳用力想要留住自己的光芒，却依然被黑夜压了下去，天暗了下来，很快吞噬了所有的光。我们在黑暗里摸索着，终于看见了家里的灯火、烟囱的炊烟、院里的狗。

一切的一切，就在这一晚，全部尘埃落定。

第二十八章　暂停

我们从梦中醒来，阳光照进窗户，外面的世界很安静。我仿佛又看见了很多年前那个住在柴房的男孩子。没有办法，一回到这里，那些模糊的记忆就又会变得清晰。

楚阳从炕上爬起来，伸出手从后面抱住我说："我从来没有奢望过幸福，可是此时我很幸福。"

我们终于过上了正常的生活。这个过程很艰难，可是我们终究做到了。

就在我们感叹生活美好的时候，院子里涌进了一群人，在我出狱的那天、在我荣归故里的那天，他们都是这样冲进我们的院子。尽情地演着自己的角色，同样的人不同的表情，在同一个场景说着不同的话。第一次是看笑话，来掩盖自己的平凡；第二次是谄媚，对有钱人的恭维和巴结；这一次是落井下石，当你落入谷底时来狠狠踩上一脚。

我和何生被围在房子里，无处藏身，只听见那群嘈杂的声音中出现了一个铿锵有力的女人的声音："关你屁事！多管闲事！有这工夫，还不如回家喂自己家的狗呢！狗拿耗子多管闲事。吃自己的饭，少管别人的事！”他们看着楚阳的脸色，瞬间蔫了下来，而后一哄而散。

我站在原地看着楚阳，总觉得这一幕我曾经在哪里见过。后来我才想起来，楚阳刚才的样子像极了年轻时候的柳百合。我记得每一次有人欺负何生，柳百合就这样和那群人对骂，而何正强就像我这样沉默着。

原来这个人人都觉得有病的女人，一直用这种方式保护着自己的孩子。再仔细看柳百合的时候，我对她的恨意就那样变淡了，反而多了一丝同情。

何生跑过来拉着楚阳的手说：“嫂子，你真厉害！那些人就是要这么对付，不然他们就会当你好欺负，一直欺负你。”

楚阳说：“我和你哥以后不光要保护自己，最重要的是要保护我们的孩子。若是我们现在不强势一点，孩子以后不知道要遭多少罪呢！”

何生说：“看你们好好的，真好，真好！”

楚阳附和了一句：“对，真好，真好！”

何生说：“听说你们上次回来买了新农村的院子，我们一会去看看。”

楚阳说：“这个主意好。”

这个冷清了几十年的家，就这样热闹了起来。就在我们去新农村的路上，听到了一个传言，说好像有瘟疫了，已经死了不少人了。这个消息很快就传开了。这件事盖过了所有的新闻，包括我的事。似乎所有人都变得恐慌了起来，连同我也是。

不知道是谁先说要买口罩，很快药店的口罩被抢购一空；又有人说要买酒精，接着酒精也被抢购一空；还有人说要存食物，超市也被抢购一空。在这个生死关头，每个人都表现出了对生的渴望。

大家一边惶恐着，一边打探着消息。到了腊月廿九，人们一边恐慌着，一边庆祝着新年，期待着新年之后，这场瘟疫就结束。

谁知道大年三十早晨，官方发出新闻，在很多城市发现了不明病毒，这病毒已经在全球蔓延开了，希望大家做好防护，戴好口罩，尽量不要出门。这个消息一出，所有人都无心过年了，天天抱着手机看有什么新消息。

楚阳就躺在我的旁边，她问我："你说，我们会死吗？"

我说："应该不会现在死。"

她又问："你还想死吗？"

这是她第一次问我这个问题。我一直以为她知道我重生了，原来她并不知道，只是一个人假装坚强着。

我转过身对她说："我会陪着你，陪着我们的孩子。陪着你变老，陪着我们的孩子长大。”

“那你还爱穆清吗？”

她问得很平静，可是在我看来，这是她心中最想问的。

我伸出手，把她抱进怀里说：“我只爱你。”

她趴在我怀里哭了，我已经很久没有见过她哭了。她一直冷静而平和，好像什么都不在乎似的，好像一切都在掌控之中一样。在得到答案之后，她那强撑的从容被打破，她变成了一个任性而可爱的女孩。那是我第一次见她那个样子，让人心生怜惜。

大年初一，全国按下了暂停键，全国人民进入战备状态，抗击病毒。连我们这个偏远的小村子也被封了，进门出门都要登记。我们这些从外地回来的人被隔离了起来，不能出门。

不让出门，也不让走亲戚，对我来说确实是一件好事。何生拉着我和楚阳一起打牌消遣。这时候，我们并没有意识这个事情有多严重。

直到看见那铺天盖地的救助帖子之后，我们才知道，这场灾难不光涉及一个城市、一个国家，而是全球性的。

疫情迅速蔓延，很多人倒下去再也没有起来。大家都变得紧张了起来，就连何正强都每天时刻关注着新闻。

在新闻里我看见了那些想要活着却无法活下去的人，看着他们因为病毒而离世，我落下了眼泪。

我开始对生命有了新的认识。这世上有那么多人想活着却没有办法活着，而我们这群可以选择活下去的人却整天想着死，这是多么可耻！

国家花了很多钱，派了很多医生护士去救助那些濒死的人，只为让那些有希望活下来的人活着。

我、何生、楚阳，都在这场灾难中看到了不同的东西。

楚阳跟我说："不管什么样的家庭，只要父母在，就有家；父母不在了，真的就没有家了。你说那些可怜的孩子，没有了爸爸妈妈要怎么办？"

何生说："哥，你看，这就是众生相。你看懂了这些，就看懂了人生。"

我盯着新闻上那些因为病毒而离世的人，做了一个决定——给有困难的人捐钱，帮助他们抗疫。我跟楚阳说："我们也捐一些钱去救助那些想要活下去的人好吗？"

楚阳走过来紧紧地抱着我说："好啊！"

我们匿名把一百多万捐给了红十字会。这件事被何正强知道了，气得差点吐了血。对于他来说，那是他一辈子也挣不到的钱，却被我这样给捐了。

他因为这事硬是气得病倒了，在床上躺了好多天才起来，柳百合一直伺候在他的床头。我渐渐理解了何正强为什么能和柳百合过一辈子，而不是我那个漂亮短命的母亲。

因为在母亲面前何正强始终自卑，找不到作为男人的尊严。但是在柳百合这里他找到了，不管柳百合好看与否，男人更想要的是他那可怜的尊严。

我越来越同情柳百合，这种同情最后掩盖了她曾经对我的种种苛待。自我从监狱回来，她对我的态度就变得和以前不一样了。我并不知道她是因为什么而改变的，只是这改变，让这个家有了一点温情。

何生知道了我们捐款的事情，倒是很淡定。她说："这样很好，人活着总归要给自己找点价值，能用钱换来人命，多少钱都值得。"

她又一次像哲人一样，说出了我们内心的想法。

我们被困在了家里，全国人民都被困在了家里。这个病毒夺走了很多人的生命，并且在满世界蔓延。工厂停工了，店铺关门了，公司放假了，所有人都变得无所事事，我们亦是。楚阳的肚子渐渐大了起来，呕吐的次数少了很多，精力恢复了一些。何生一醒来就跑过来找我们，待在我们的房子里。

何正强从床上起来之后变得精神抖擞，好似已经接受了那件事。我们家里的隔离终于解除了，只是村子的隔离还没有解除，但是总有人三五成群地聚在一起聊天。尽管喇叭一直在提醒不要聚集，可是老头们总是会说："怕啥？都是老汉，连街上都走不到，去哪里接触病毒？咋传播？"

亦有年轻人出来，把父母从人堆里拉回去。我就是那天再次见到陈埃的。他戴着口罩，抱着孩子，急匆匆地不知道要干什么去。

他应该是看见了我，却没有跟我打招呼，就那样径直地从我面前走了过去。我在后面喊：“陈埃！”

他才转过了身，看了我一眼说：“光子，你回来了？我这会有事，先走了。”他看起来很着急，孩子静静地趴在他的肩头，应该是生病了。我跟了上去问：“孩子怎么了？”

他说：“感冒了。我得把他送到我父母那里，让他们给看看。”

“那你赶紧去吧！”

陈埃抱着孩子消失在了村子前面的那个十字路口。他整个人很苍老，身上那种精气神不见了，很萎靡，给人的感觉很颓废。

我决定晚上去找他。只是没有想到那件事情的真相是那样！原来我的感觉很对，总觉得那是一个熟悉我的人做的事，但是我万万没有想到会是他。当他很平静地告诉我这件事的时候，我就知道我失去了最后一个朋友。

第二十九章　真相

这场突如其来的疫情让世界慢了下来，让所有人的生活都慢了下来。在这场疫情里，人难得停下来思考自己的生活。我亦是，很多没有想明白的事情，渐渐心中有了答案。尤其在做出捐款这样高尚的举动之后，我心中那些空缺的地方，慢慢被填上了，身心在逐渐地变得完整。

晚上的时候，天空开始飘起了雪花，纷纷扬扬地下着。房间里炉火烧得很旺，柳百合做了一顿很丰盛的晚餐。我们的生活不再像以前那样窘迫了，什么都有了，可是那肉放进嘴里却再也吃不出小时候的那种幸福了。

我套了一件棉衣，出了门。村子里家家户户门口都挂起了红灯笼，偶尔传来孩子们的笑声，还有孩子打着灯笼在自家院子追逐打闹，我才想起今天是正月十五。天空没有月亮，雪还在继续下着。我一个人走在小路上，顺着那条柏油路到了陈埃的家。他家门开着，我就径直走了进去。房间里有灯光，他应该是在的。

“陈埃，在吗？”

我喊了几声却没有人回应，我便推开门走了进去。陈埃正坐在炕上喝酒，他一个人，炕上放着一个盘子，盘子里盛着花生米，花生米旁边是一瓶二锅头。电视机声音开得很大，播放着广告。家里没有了往日的整洁，烟头酒瓶扔得到处都是。

他见我进来，抬了一下眼皮说道：“来，过来陪我喝酒。”

我把那瓶珍藏的茅台从怀里掏出来，放在桌子上，过去坐在他的旁边，看着他，心里泛起一股难以言说的情绪。

不过两年的时间，我们的处境就颠倒过来了。那时候他是救世主，而现在我成了那个救世主。这生活真的是充满变数，谁也不知道谁未来会变成什么样子。

他没有说话，只是喝酒，我陪着他一起喝酒。喝完那瓶二锅头，又开始喝茅台。就这样大概过了半个小时，他才开口：“兄弟，你以前那样躲着我，今天又何必来看我？对，我知道了，你是来看笑话的。”

他说话的时候，口齿已经不是很清楚了，我思量着该跟他说些什么。

他又说：“你说说你，明明过得那么惨了，却还是那样高傲。你为什么在我面前总是有那么多的优越感呢？就因为你长得帅？”

“你一个杀人犯，又凭什么能成为万人追捧的网红呢？就因为你长得帅？”

“你一个没妈管的野孩子，凭什么高傲？”

“你知道我为什么会出轨吗？就是因为你，我的妻子心里竟然装着一个杀人犯！”

“你知道我有多恨你吗？”

“那网上的帖子就是我发的，把你搞臭的人就是我，是我把你的事情透露给媒体的。你一个屎坑里出来的人，还妄图洗白！”

他看起来情绪很激动，而我已经完全不知道该做出什么样的表情了。我一点也不知道黎忆会喜欢我，我只记得我每一次来，她总是很热情地招待我，我以为她只是比别人善良。

我看着陈埃，一句话也说不出来。他又哭又笑，泪流满面。

“你还记得那一次吗？是你让她原谅我的，她就真的原谅我了。我也想好好过日子，可是一想到她爱的不是我，我就没办法控制自己。我就是想让她痛苦，让你痛苦，让所有背叛我的人没有好日子过！”

“她说过会好好和我过日子的，可是你知道吗？每天晚上她都守在你的直播间。我真的恨极了你。我是那样爱她！”

“你猜她说什么？她说‘我没办法控制自己，我也恨自己为什么要爱上那样一个男人，可你让我怎么办？’”

听他这样说，我想起有一个人，每天都会在直播间跟我打招呼。我对她印象深刻。她每一次进来都会说“何光你好”；结束的时候会说“何光晚安”。其他人都会叫我光子，只有她会叫我全名。

我怎么也不会想到那个人原来是她。

在我直播打算自杀的那天早晨，我收到过一条莫名其妙的微信，上面说：“是我对不起你，我不该动心，是我毁了你。你要好好的，你是个好人。”

这条消息应该就是黎忆发来的。

陈埃已经醉得很厉害了，他好像在哭，边哭边说：“她走了，她临走前说我是世界上最恶毒的男人，是一条毒蛇……”

他还在说着什么，我已经完全听不下去了，从炕边站了起来，摇摇晃晃地出了大门。雪下得更大了，村庄都被雪覆盖了，白茫茫的一片。我沿着小路摸索着向家走去，在离家十米的地方倒了下去。酒喝得太多了，身体已经开始失重，头晕得厉害。我躺在冰天雪地里，竟然感受不到一点冷，我看见我的灵魂在一点一点离开我的身体。

门开了，我被拖了进去，耳边响起了楚阳、何生的声音，我失去了意识。

早晨太阳出来了，天晴了。我趴在被窝里看着外面的阳光，再次清晰地想起昨晚陈埃跟我说的话，悲从心起。

楚阳握着我的手问："你怎么了？"

我说："没事。只是觉得这人生当真如戏如梦，荒诞得很。"

她说："我昨晚梦见我们的孩子了，他长得像你。"怀孕之后的楚阳，身上的那种阴郁不见了，取而代之的是母性身上的柔和。

我曾经羡慕的那个人，却变成了我曾经的模样，而我真的拥有了曾经渴望的幸福。我不知道该喜还是该悲。

陈埃的事情让我很久没有缓过来，我颓废了一段时间，渐渐便想通了。不管陈埃怎样对我，这件事到底是因我而起。就算陈埃不爆料我，迟早还有别人会发现我的过去。早点结束那种虚假的生活也是好的。只是黎忆，倒成了我心中的结。

楚阳因为怀孕，大多数时候都在家里休息。闲着无聊，我和何生就决定去街上买的那套院子里打扫卫生。这样等解封了我和楚阳就能搬离村庄重新开始。那个地方离村子远一些，以后再也不用应付那些熟悉的人问的那些莫名其妙的问题了。

新房子没有一点人气，进去之后就像冰窖似的。何生就在我的身边，她跟我说："哥，陪你这么多年，我也该走了。看着你一切安好，身边有了嫂子，我就放心了。"

我问她："你要去哪里？"

她说："你知道的。"

"何生，连你也要离开我吗？"

“哥，你该醒了。你好好看看我到底是谁？”

那天之后，何生就不见了。她是直接消失在我的世界里的，像上海的雪花一样消失不见了。

我耳边还回响着她跟我说的那句话——你好好看看我到底是谁？

我慢慢想起，我根本没有妹妹，柳百合根本不会生娃。那么何生是谁？她到底是谁？我头像是炸了一样，我似乎又看见了何生，她就站在我的面前。

可是我伸出手，却发现偌大的院子里静悄悄的，只有我一个人。

那晚我回到家里，跟楚阳说：“何生走了，她不见了。”

楚阳扑过来紧紧地抱住我，说：“何光，你终于醒来了！这世界从来就没有一个何生，她根本不存在！”

我隐约明白这件事的来龙去脉了，其实何生就是我自己。原来家里每个人都知道这件事。

我患有严重的人格分裂症，何生是我的另一个人格。她真的不存在，一直都不存在，曾经和她在一起的那些日子都是我幻想出来的。

楚阳说：“是的，你一直都是一个人。你理发那天也是你一个人，你身边没有何生。”

“不对，我明明给何生买房子了。”

楚阳从炕上下来，把房产证拿给我，上面赫然写着何光。

“不应该是这样的，我记得我让中介写的是何生！”

楚阳说：“没有任何东西证明何生的存在。他们要身份证，可是你没有，是我用你的身份证帮你登记的。”

我脑海中的很多事情变得越来越清晰，何生却变得越来越模糊。我似乎想起了何生出现之前的一些事。

第三十章　病愈

何正强和柳百合结婚的第二年，他才知道柳百合无法生孩子。因为这件事，他们两个总是吵架，而我顺理成章地成了柳百合的出气筒。大多数时候她是不想看见我的，于是我被安排睡到了柴房。那时候我就想，若是她有一个自己的孩子，会不会对我好一些？

何生应该就是那时候出现的，然后一直陪着我长大。

我受尽柳百合的折磨，也受尽了村里人的嘲笑和欺负。在我无法忍受的时候，何生就会出来，替我打架。每次我在外面受了欺负，柳百合总是帮我讨回公道，她会带着我去找那家人，骂到那家人不敢吱声为止。

我觉得她是爱我的——不，那时候我觉得她爱的是她的孩子何生。

她为什么会这样做？我至今也不明白。可能有养育的情分，又或许她也是个疯子，毕竟大家都叫她疯子。

因为何生，我才坚持活了下来。从那里出来之后，也是因为何生一次又一次开解我，让我重燃起活下去的希望。

我想起，她曾经无数次跟我说的那句话："若是哪一天，没有你了，就没有我了。"

我坐在炕头看着楚阳，问她："我有病，你还嫁给我？"

楚阳停顿了几秒钟说："在大众眼里，我也有病。我说过，我们是同类。"

她慢慢地靠近我，抱紧我。

何生走了，在这个家里我再也看不见她了。楚阳说："那是因为你的病真的好了。"

本应该高兴的事情，我却一点都高兴不起来。她的消失对我来说，就像我真的有一个妹妹死了一样难过。

楚阳说："何光，你别难过。我们的孩子就要出生了，以后有他陪着你，我们就叫他何生好吗？无论他是男孩还是女孩。"

疫情暂时缓解了，村子里的年轻人又去了城市，村庄再次变得寂静。

我和楚阳从村子搬到了新农村。离开的那天我跟何正强说："何生走了，你以后不用那么辛苦地陪我演戏了。"

何正强看起来有些激动，那张老脸上有了我从未见过的神采，那应该是从心底升起的一丝希望。他向前走了一步，抱住了我，这应该是我记事后他第一次抱我。他的身体散发着烟草味和一种不知名的味道。他比我低很多，只有踮着脚才能抱住我，那样子滑稽极了。这个从小渴望的怀抱我等了三十多年，如今我终于等来了，可是我已经不需要了。

我推开他，拉着楚阳离开了。

只是我怎么也没有想到，陈埃竟然死了。这个消息震惊得我筷子都掉到了地上。

那是我们重回镇子上开快递公司的第二个月。这时候楚阳的肚子已经比较大了，她每天就坐在店里给人取快递，我负责分拣和派送快递，我们的日子过得十分惬意。

那天我正在吃饭的时候，何正强从门里进来了。他神色匆忙地跟我们说："出大事了！陈埃死了，掉进了你救他的那条河里。村子里现在是众说纷纭，有人说他是喝酒喝多了掉进去了，有人说他是自己跳进去自杀的，还有人说是你把他推下去的……"

他吞吞吐吐地说出这些话。原来黎忆的事情、陈埃和黎忆之间发生的事情，村里人都知道。甚至连同陈埃曾经在网上爆料我的事情，也在他醉酒之后说漏了嘴。现在一切矛头都指向了我，我成了杀死陈埃的第一个怀疑对象，毕竟我曾经是一个杀人犯。

楚阳情绪很正常，好像这件事与她无关。她还是在继续吃饭，慢条斯理的。何正强脸上升起的那一丝希望又不见了，此时他面如死灰地望着我。

我还没有从陈埃死去的震惊中缓过来，倒是忽略了何正强的脸色。这时楚阳开口了，她说："爸，你回去吧！清者自清。我和光子一直在一起呢，我知道不是他。你要相信他，你若是不信他，那不就正好如了别人的愿了吗？"

何正强看了看我，没有说话，他那个表情看起来并不相信楚阳说的话。只是他没有再问，转身离开了。他又变得落魄而沧桑，不协调的身体让他看起来更加可怜了。

"陈埃死了，他竟然死了！"

楚阳把碗筷收了起来，挺着大肚子艰难起身。我过去扶着她，跟着她一起把碗筷洗刷干净。从头到尾她都没有再说一句话，我一直跟着她，怕她受了刺激。不过她始终很平静，直到忙完一切，我们再次回到桌子前面，坐了下来。

她盯着我看，把手伸出来放在我的脸上，长叹了一口气，问道："你说，我们还能好好活下去吗？"

我知道她想说什么，只能紧紧地握住她的手。

"一切看命吧！"

"昨天晚上我醒来没有看见你，你去哪里了？"

"我在院子吹风。你知道的，我一直失眠。"

她说："何光，我们有现在的日子不容易。"

我说："我知道。"

那一天，楚阳一直黏在我身边，好似我很快就要消失不见一样。不过她的情绪看起来很稳定，也没有像我刚认识的时候那样喋喋不休地讲故事。

傍晚的时候警察来了，我被带走了，和我十九岁那年被带走的时候一模一样。楚阳没有哭，也没有闹，她就那样微笑着看着我。

同样的气味，同样布局的房间，时光像是重叠了一样。我被带到了审讯室里，他们问我各种各样的细节。后来楚阳也被带来了。我们并没有见面，这些也是我出来之后才知道的。她并没有告诉警察我晚上消失不见的这个消息。

第二天我被放了回来，后来我又被来来回回叫到审讯室几次。一直到五天之后，警察给出了结论，陈埃是失足掉进了河里，我彻底洗脱了嫌疑，回到了家里。

回到家里的那个晚上，何正强和柳百合从老院子赶了过来。这些天他们应该承受着巨大的压力，不过几天的时间，他们看起来老了何止是几岁，好像是好多好多年没有见面一样。时光在他们的身体上、脸上都刻下了痕迹。

楚阳做了一大桌子菜，她看起来比谁都开心，那种快乐是写在脸上的、肉眼可见的。我们围着餐桌坐在一起吃饭，和所有正常家庭一样，看起来格外温馨。

后来听说陈埃下葬了，孩子被黎忆带走了。

黎忆给陈埃上了香，一直看着他下葬，然后带着孩子从村子里消失了。

谁也没有想过会是这样一个结局。关于黎忆是否对我动过心，我不得而知。黎忆从来没有主动联系过我，我们之间除了陈埃之外没有过任何交集。

陈埃死后，我总是梦见他。他浑身湿漉漉地站在河边看着我，说："是你夺走了本该属于我的人生！"

几乎夜夜他都会到我梦里跟我说这句话。我又一次开始失眠，我决定去看他。从他离世到下葬，我一次都没有去看过他。或许他在等我，才会一直出现在我的梦里。

这时已经是夏日了，我关了店，买了一些香蜡纸，沿着那条小路向山下的树林走去。太阳就在我头顶，明晃晃地照在我身上。村庄又绿了，景色绝美。知了又开始唱歌了，不知道它们是否会有痛苦。我想起了我从监狱出来陈埃来找我的那天，眼睛湿润。我很确定，此刻的我很难过。陈埃是我活了三十多年，少有的给我温暖的人。即使我们不再是朋友，只要他还在，我总是觉得我并没有真的失去他。

我想起那天晚上，他打电话给我，说："何光，你在哪里？可以过来喝酒吗？你知道吗？她再婚了。"

我却没有去。我坐在院子里吹风，一夜无眠，却没有去找他。他应该是恨我的。他为什么会去河边？为什么会掉进去？

没有人知道了。我没有杀他，却也没有去安慰他，我的罪更深了。

越靠近公墓园，我的悲伤越盛。我并不知道该跟他说什么。

树林里阴风阵阵，虽然是夏天，可是我却感觉头顶发凉。我在公墓园一点一点地行进，我并不确定他被埋在了哪里。人死之后，不知道是否会有灵魂。埋在这里的人不论生前是怎样，死后还不都一样被装进盒子里，埋进黄土里。我终于看见了陈埃，他的坟头光秃秃的，不像其他的坟墓杂草丛生。我过去坐在他的墓碑前，倒了一杯酒，点了一炷香，把准备的黄纸点燃。我不知道这样做是否有意义，可是他日日到我梦里，应该是想让我来看看他。

正当我想说些什么的时候，一股风把燃烧留下的黄纸灰烬吹向了天空，吹得我一脸灰。我把手里的那杯酒放在他的墓碑上问："是你回来了吗？"

周围静悄悄的，什么回应都没有。

我从墓地回来之后，真的就没有再梦见过陈埃。我和楚阳又过起了小日子，但关于陈埃死因的传言，并没有因为警察的结论而消散，我和楚阳依然是这个小镇人们茶余饭后的谈资。

不过这些看起来已经不那么重要了。疫情还没有结束，正常生活了几天，又听说有了新增病例，人们从开始的恐慌，渐渐变得镇定。口罩成了大家出门必备的物品。很多店关了门，倒是我们快递的生意越发红火了。我们总是要从早上忙到很晚才能回家，有时候还需要何正强和柳百合过来帮忙。

日子就这样过了下去，楚阳的肚子越来越大，现在的精神比刚开始的时候好了很多。预产期终于快到了，我日日守着她，等着何生出生。

以前我从来没有想过要一个孩子，如今我却那样殷切期盼他的降生，希望这个世界上可以多一个和我有关系的人。

第三十一章　重生

那晚我正准备上床睡觉，楚阳突然大叫了起来。我赶紧摸出手机打电话，却发现我拨的是陈埃的手机号。慌乱之间却没有一个可以帮忙的人，我只能抱着楚阳冲上街头。她看起来很痛苦，渗出的汗密密麻麻地布满了额头。她紧紧握住我的手，虚弱地问我："何光，我会不会就这样死了？"

我顾不上安慰她，只管向前奔跑着，终于打到了车子。坐在车上，楚阳的疼痛看起来有所缓解，无力地躺在我的怀里。从家里到医院不过十五分钟的车程，可对我来说每一分钟都好像是过了好多年一样漫长。

楚阳终于被送进了医院，推进了产房。我站在产房门口焦急地等待着。我好怕会失去她，她看起来是那样痛苦。我甚至后悔让她生孩子了。我又想起了李淑芬，她生我的时候，应该也经历过这样的痛苦。她辛苦一辈子，把一切都留给了我。她没有陪我长大，却始终用心爱着我，而我却一直恨着她。

至今我依然恨她，只是爱恨已经变得毫无意义了。她死了，带走了她所有的希望，也结束了在这世界上承受的所有痛苦。即使如此，在她弥留之际，我发现她并没有因为死亡而解脱，她看起来是那么想要活着。

我在楼道里坐立不安。楚阳不仅是我的妻子，她更是来到人间救赎我的神。我不能失去她，失去了她我就失去了活着的希望。

时间一分一秒地过去了，我忘记我在楼道里走了多少圈，从天黑走到天明。就在我快要撑不下去的时候，手术室的门开了。医生走了出来，楚阳也跟着被推了出来，她的身边放着一个婴儿。我那颗悬着的心一下子放了下来，这时听见医生问："家属呢？"

"我在这里！"我的声音在医生的背后响了起来。

医生看着我笑："是个知道关心老婆的好男人，真不错。母女平安，赶紧去病房吧！"

楚阳虚弱地躺着，看着我微微笑了一下，又看了看孩子，闭上了眼睛。她脸色苍白，应该累坏了。

我跟着护士来到了病房，这是我特意给楚阳找的单人间，条件很好，成人床、沙发、厕所、暖气、婴儿床一应俱全。

安顿好楚阳，我才想起孩子。她眼睛不停地转着，不知道在看什么。她长得一点都不像何生，像我多一些，剑眉、丹凤眼、高鼻梁，嘴巴粉嘟嘟的，头上毛茸茸的，看不出来美丑。

这就是我们的孩子，何生。我试着叫她，她好像能听见，转过头看我，看了一眼就突然大哭了起来，弄得我不知所措。这时楚阳醒了，她说："你看看她是不是尿了？"

我笨手笨脚地抱起了她，她是那么小，两只手可以轻松托起来。果然是尿了。

她圆滚滚的身体，有点像楚阳以前的样子。我把孩子放在楚阳身边，开始给孩子换尿布。楚阳把孩子抱在怀里，给她喂奶。我们就这样成了父母，在这个世界上有了一个与我们血脉相连的人。

中午的时候何正强和柳百合才匆匆赶到。看到躺在床上正和我说话的楚阳，还有睡在旁边的小胖妞，他们脸上的神情变得柔和起来。

现在的他们就像平常的父母一样，慈祥、有爱，对你充满关怀。我不知道是什么让他们发生了这么大的变化，总之他们变成了好人。我甚至无法再去恨他们。

他们更老了。不管是对我还是对楚阳，他们都极具耐心。

何正强看着孩子问："起名了吗？"

我说："叫何生。"

何正强倒是没有表现出震惊的样子，只是看了一眼柳百合说："何生好，这个何生好。"

柳百合也跟着说："嗯，这个何生好。"

我看见他们两个都在笑，那种笑是只有发自内心感到幸福的人才能拥有的。或许这样的生活，不仅是我渴望的，亦是他们渴望的。

在我和父母的这场战役中，最终以我投降而结束。我想起了很多关于柳百合的故事，小时候她会把我拉进怀里紧紧地抱着，然后一遍又一遍跟我说："叫妈，叫妈妈！"我总是紧闭着嘴巴，一个字也说不出来。她就会变得暴躁！而当我变成何生的时候，她就会很爱我，因为何生会喊她妈妈。这时候，她就会把私藏的好吃的拿给我吃。

在这个病态的家庭中，何正强永远是沉默的，他的懦弱毁了一切。曾经他们给我造成的伤害，似乎已经被他们现在的温和全部掩盖了。我知道即使这是他们的阴谋，我也无力抵抗。因为这正是我所渴望的。况且我清楚地知道，这并不是他们的阴谋，这是他们在忏悔、在赎罪。于是我就给了他们这样的机会，这样一来，这场战役就不能算我输，我依然是胜利者。

想到这些，我就变得兴奋起来。

楚阳在医院住了三天，医生就让我们出院了。

我的生活变得简单而纯粹。孩子慢慢长大，她会笑了，会坐了，会咿咿呀呀地说话了。柳百合也随着小何生的出生变成了一个小孩子，每天有了空闲她都要跑过来看何生，小心翼翼地抱着何生，把所有的感情全部放在了何生的身上，似乎她才是何生的母亲。

她没有成为一个合格的后妈，却是一个合格的奶奶。不知道她是真的爱何生，还是在体验做一个妈妈的感觉，总之她把所有的精力都放在了何生身上。

楚阳跟我说：“何光，你看妈那么喜欢孩子，要不让妈替我们带带何生，闲了我们就回去看看。人老了，总是跑来跑去的，身体撑不住。”

我又抱起了何生，她软绵绵地趴在我的怀里。褪了胎毛的何生确实惹人喜爱，她皮肤白净，眼睛又大，机灵活泼，总是呀呀地说个不停，很少哭，自己一个人躺着可以玩好久。

这样一个孩子，任谁见了都要说上一句，这女孩长得俊啊！

虽说我舍不得把孩子送回家，可楚阳的话确实也是有道理的。我是当儿子的，就不得不做出牺牲。当我们告诉柳百合要把孩子放在家里让她养的时候，柳百合差点哭了。然后她快速地调整了情绪说：“放心，我一定带好孩子！你们先坐，我去做饭。”还不等我们说什么，她就出去了。

何正强坐在炕角，靠着墙，一边拿着一杆老旧的烟袋抽着烟，一边笑着说：“把娃放这里挺好。”

楚阳看了看何正强手里的烟。何正强尴尬地说：“这就灭，这就灭。”

他快速地从炕上翻了下来，一瘸一拐地出了门。那天之后，何正强竟然把抽了几十年的烟戒了，这让我们大为震惊。柳百合说：“你爸说，对孩子好，就戒了。”

他们对何生确实好，那种好超越了爷爷奶奶的爱。我知道他们是把对我的亏欠，全部弥补在了孩子身上。

何生很喜欢我，每次我回来，她就会爬过来抱着我。看着这个小何生，我就会想起那个消失了的何生，她再也没有出现过。我的失眠症也因为小何生的到来，就那样自愈了。

楚阳看起来更成熟了，有了孩子之后，她张口闭口都是对孩子的规划。我们的生活，因为孩子而变得更有希望了。

何生越大，我越惧怕死亡。我怕何生没有了爸爸，悲惨地度过一生；也怕失去楚阳，让何生没有母亲，重复我的人生。

为了我的孩子可以幸福，我努力地活着，同时努力地爱着我的妻子。而楚阳的精神在生完孩子之后逐渐恢复了。我们每天早出晚归，和这世间所有人一样过着平凡而普通的生活。

二〇二〇年就这样过去了。外面的世界很热闹，疫情还没有结束，大家依旧需要戴着口罩出门。这个小镇什么也没有变，始终平静，大家各自忙碌着。街上的人越来越少，街上关门的店铺越来越多，更多的人做起了直播，企图在网上寻找一条活路。直播常态化了，一打开手机，几乎所有平台都增加了直播功能。很多线下的生意转到了线上，大家用这样的方式来应对疫情给人们生活造成的困境。我们的快递生意，比往年红火了好多倍。

何生一岁生日那天，我正打算去街上买蛋糕，楚阳拉着我说："我看到了一条关于你的新闻。"我接过手机，在新闻里看见了他。他已经没有了年轻时候的意气风发，戴着手铐，站在法庭上。

第三十二章　梦境

我完全呆住了，没有想到多年之后，我还会再听到关于他的消息，也没有想到他会有这样的结局。

我想了半天才想起他的名字——王虎。这个曾经让我感受到世间温情的男人，也是亲手把我推向地狱的男人。因为他，我放弃了十年的自由，只为报答他曾经在我最落魄的时候给了我一个落脚的地方。我甚至刻意地去忘记，在对方刀子伸到他面前的时候，是他把我推了出去，我手里那把用来吓唬人的刀子在那一刻变成了真正的杀人凶器。我记得在我被警察带着离开时他的冷漠，他如同石像一般定在那里。

他头发白了，穿着囚服，站在我当年站过的地方，很淡然地说："我认罪，我有罪，我承担。"

我一直都不敢相信这一切是真的，当一切事实摆在我的眼前，差点击垮了我重新建立起来的信念。他放高利贷、杀人、涉黑、胁迫少女坐台，无恶不作，我却为了这样的人浪费了我的十年。这个案子震惊了全国，网上铺天盖地都是他的消息，他的所有资产全部被查封，被判处死刑。

我的案子也被翻了出来，他承认了当年是他推了我，故意让我去当替死鬼的。我死死地攥着手机，浑身无力。那十年地狱般的生活，再次出现在我的脑海之中。原来我竟然为了这样的人坐了十年牢，我一直坚持的所谓“知恩图报”，全都毫无价值，我只是在维护一个恶魔！

“为什么？我所做的每一件事情都毫无价值，为什么？”我竟然吼了出来。楚阳被吓得一愣，她走近我，把我的头拉着靠在她的怀里，轻声说：“何光，你没有错，你一点错都没有。你的善良是会有回报的。我们要为了何生努力活着。”

她提到了何生，一想到她那可爱的样子，我的心就变得柔软了起来。恶魔得到了惩罚，而我的生活已经回到了正轨，我不能这样颓废，我需要振作起来。

我缓缓地站了起来，跟楚阳说：“我们走吧，去给孩子买蛋糕。”

楚阳说：“何光，我们一定可以幸福的，现在的生活不就是我们想要的生活吗？”

我说：“是呢。”

这件事之后我便很少上网了，大多数时候都在店里忙。下班回家就和楚阳一起窝在沙发上看电影，生活一天比一天更好了。尽管疫情并没有完全结束，可是我们的生活却没有受到很大影响。

楚阳经常问我："何光，你说我现在没有在做梦吧？"

我会过去拍拍她的脸，她便会开心地跳起来："何光，真不是梦，我们从深渊里爬出来了，真好！"

她变得开朗了许多，甚至很多时候很可爱。晚上睡觉的时候，她依旧会拉着我的一只手，紧紧地握着放在自己的肚子上。

我没有想到会再次收到穆清的微信。她说："何光，我就知道你是个好人，我的眼光果然不错。"后面发了一个链接，是她写的文章。

她竟然跑去采访，把我当年事情的来龙去脉写得清清楚楚，并发到了网上，帮我洗白了曾经的冤屈。

那篇文章点击量过亿，大众才知道他们冤枉了一个好人。很多人在文章下面留言，期待我们重新开始直播。我看到一句评论是：我还记得他绝望得打算自杀的那个晚上。我们差点逼死了一个苦命的人。

我看着看着就哭了，因为从此之后，我不再是杀人犯，我不用再背负这个罪名去生活，我的孩子也可以挺直腰杆做人了。

这群曾经恨不得我快点死去的人，用自己的方式帮助了我，让我获得了真正重新做人的机会。他们疯狂转发传播，还有一些新媒体作者也开始紧跟热点，为我申冤。

我哭着哭着便笑了，然后给穆清回复了一句："谢谢你。"

穆清说："不用谢，是你让我知道一个作家的使命是什么。这是我为你做的最后一件事。你好好生活，我要去做我该做的事情了。"

我说："谢谢你，谢谢你曾经来过我的世界。"

穆清说："我也是。"

然后我们拉黑了彼此，退出了对方的生活。

我不知道我是否真的爱过她，只知道，对我来说楚阳才是那个最重要的人。那天晚上我特意去饭店打包了两个菜，决定喝两杯。我很少喝酒，只是今天的事情确实值得喝一杯。

楚阳见我心情好，凑到我面前问我："你有什么好事？"

我说你上网搜。她赶紧打开手机，然后就看到了穆清写的那篇《知名网红何光杀人案实属冤案》的文章。她边看边哭，哭着哭着又笑了，一下子扑进我怀里，紧紧地抱着我说："何光，我们这一次是真的爬出地狱了，是真正地爬出地狱了！"

我说："是啊，所以我们两个要喝一杯。"

她说："喝，必须喝，不醉不休！"

她就那样赖在我的怀里，让我给她喂菜吃，那个样子娇羞又迷人。我差点忍不住了，想要再造出一个何生来。谁知道电话响了，我万万没有想到会再次接到金利来的电话。他还是那样客气，似乎已经忘记了他曾经是怎样对我的。他希望我再次回去，愿意和我以合作的形式一起办公司。

“我回不去了，金总。”

金利来看起来不是很甘心，继续说道：“以你现在的人气，只要出山，就是一哥。”

“金总说笑了，我现在只想过小日子，对什么一哥不感兴趣，因为不想再次被逼得自杀。”然后挂了电话。

“老婆，你还想去城里吗？”

楚阳说：“不去了。”

“那我们上海的房子怎么办？”

“哈哈哈，这个我早都想到了。房子已经租出去了，每个月收租金就好了。况且这个房子本来就是买给何生的，我们需要等她长大再给她啊！”

“你说得对。不过何生要是走了，我们两个是不是太寂寞了？我们要不要再生一个小小何生？”

月亮升起来了，世界静了下来，房间里春光旖旎。我和我的爱人终于可以在这尘世间抬起头做人了，亦可以相拥而眠，不再承受失眠的痛苦、流言的折磨。那些不堪的往事，被我们幸福的生活一点一点地淹没了。

那晚的梦很长很长，长到像是过了一生。梦里我和我的爱人终于找到了希望，重新开始了新的生活。

天亮了，梦醒了。那个梦是真的吗？何光也不知道。他站在房间里看着这陌生的世界，想起自己是一个刚刑满释放的犯人。

全文完

2021年11月11日

后记

开始写这部小说的时候还是深秋时节，当我改完这部小说的时候，已经是第二年的春暖花开时。

来来回回改了五六次，结局写了四五次，删了写，写了删。最终选择了这样一个开放式结局。

每一次写完小说，我都告诉自己，要休息几年再写新的。可总是忍不住，又重新拿起笔。真正喜欢一件事大抵就是这个样子，如果不能去做它，就会觉得痛苦难耐。

我一直觉得书中的人物是有生命的，他来到作家的世界里，催促着他们把自己的故事记录下来。一旦小说的人物出现在作家的脑海之中，你就很难控制自己的创作思路，唯有遵从书中人物的意志去书写。

一坐在电脑前写小说，我就会变成另一个人，一个完全不属于自己、灵魂被书中的人物借走的人。

这个故事的主人公何光的人生看起来很荒诞。当初我不确定这样写是否是对的，只是那天我看见那个小孩，父亲因误杀人而入狱，母亲抛弃他离开，村子里的人对他没有半点温情，他看人的眼神里只有拘谨和恐慌。他重复着父亲的悲剧，我不知道他以后会有什么样的人生。不知道你们有没有这样一个伴着你们长大的故事，而这个小孩父亲的遭遇一直贯穿着我的童年：父母离婚，被后母虐待，不过二十岁便入了狱，再回到家乡的时候，已经三十岁了。结婚一年多之后，新婚妻子不见踪影，留下还在襁褓中的孩子……

这样的人生，我就是编也编不出来，可是它却真实存在着。写小说这些年，我最大的感受就是有的人的人生经历好像比小说还要残酷百倍千倍。将生活中的阴暗面叙写出来，我已经做好被批评的准备。可是无论怎样，我依旧坚持我的原则，去写我看到的这个世界。

我时常想，如果人生还有另一种可能，何光会过上什么样的生活？小孩和他的父亲会过上什么样的生活？

这部小说就是在这样的契机下创作出来的，我决定用笔给他们书写一个圆满的结局。在书中，杀人犯何光得到了他想要的救赎。他因为经历过苦难，更加懂得幸福生活的不易，最终找到了人生的另一种可能。

书中的小孩，被父母善待，被爷爷奶奶疼爱，被众人怜悯，他的命运被改写。

书中李淑芬因为流言而被迫离开家乡，何光因为误杀背上杀人犯的罪名，楚阳因为爱上渣男而被众人嘲笑，陈埃因为嫉妒而曝光何光，黎忆因为爱上不该爱的人而酿成大错。我一直在想，这些犯过错的人，值得被原谅吗？这是我想在这本书中寻找的答案。

流言蜚语让一个善良的女子背负屈辱，抛夫弃子离开家；世人的偏见让一个失去母亲的孩子在黑暗中长大；而欲望吞噬了一个人的善良，让他成为手染鲜血的刽子手；网络暴力、舆论压力，摧毁了一个刚刚对世界产生希望的人。而楚阳、何生、穆清化身拯救者，在这个世界努力活着，坚守着自己的信念，拯救着一个个绝望的灵魂，与世界的丑恶对抗着。

从以前的流言蜚语到现在的网络暴力，错误舆论对人的伤害好像从未停止。

何生消失，穆清离开，把真实的世界留给何光应对。而何光在众人的帮助下，终于找到了自己，活了过来，开启了新的生活。

整部小说故事很多地方刻意用了夸张魔幻的方式来呈现，去编织我心中那个美好的梦。

一直到结束，梦破了，一切回到了起点。而何光如何书写自己的人生，只能自己决定。书中的人生，只是他之后生活中众多可能的一种。

云的尽头是什么？我想是人生更多的可能性。希望每个人都可以去寻找人生的更多可能，找到自己人生的云端。

如果你有缘读到这本书，我愿你如何光一样，记住曾经经历过的苦难，然后阻止悲剧重演，做一个改变世界的人。

何光因为父亲何正强抛弃了母亲李淑芬，而选择善待自己的妻子。因为自己被后妈虐待、被亲妈抛弃，所以尽全力给自己的孩子一个完整的家。无论这个故事是虚构的还是真的存在过，一旦它被写了出来，它的使命就已经完成。

人活着可能会经受一些苦难，让我们一起去面对苦难，改变悲剧，延续爱与希望。

2022年2月22日于西安